내 안에
잠든 나를
깨워라

꿈이 없다면
아직 잠에서 깨지
않은 것이다

내 안에 잠든 나를 깨워라

초판인쇄	2018년 03월 10일
초판발행	2018년 03월 15일
지은이	정광영
발행인	조현수
펴낸곳	도서출판 더로드
마케팅	최관호 최문섭
IT 마케팅	신성웅
편집교열	맹인남
디자인 디렉터	오종국 Design CREO
ADD	경기도 고양시 일산동구 백석2동 1301-2 넥스빌오피스텔 904호
전화	031-925-5366~7
팩스	031-925-5368
이메일	provence70@naver.com
등록번호	제2015-000135호
등록	2015년 06월 18일
ISBN	979-11-87340-80-5-03810

정가 15,000원

꿈이 없다면
아직 잠에서 깨지
않은 것이다

내 안에 잠든 나를 깨워라

정광영 지음

도서
출판 **더 로드**
The Road Books

"꿈이 없다면 아직 잠에서 깨지 않은 것이다"

나는 책을 쓰면서 질문을 많이 던지려고 노력했다.
그저 내 경험을 설명하는 책이 되고 싶지 않았다. 이 책을 읽는 당신이, 책을 읽으면서
또는 다 읽은 뒤에 자신에게 이런 질문을 자신감 있게 던졌으면 한다.

나는 〈삼성전자〉에서 설비엔지니어로 근무했었다. 취업 전에는 대기업에 입사만 하면 성공한 거라고 생각했다. 하지만 시간이 지나며 그 생각이 틀렸음을 온몸으로 깨달았다. 나에게는 더 이상의 꿈이 남아있지 않았다. 열정적으로 일을 할 이유가 없었다. 그저 급여만큼 일하는 사람이 되는 것이 나의 목표가 되었다.

나머지는 악순환이었다. 목표나 비전, 꿈이 없기 때문에 열심히 살 이유가 없었다. 열심히 하지 않으니 결과는 신통치 않았고 답답함과 우울함 속에서 지냈다. 타인의 요구에 의한 노력은 전혀 즐겁지 않았다. 결국 인생의 이유를 잃어버린 나는 극단적인 생각마저 하게 됐다.

이런 상황에서 나를 구해준 것은 책이었다. 정확히 말하면 저자들이었다. 우연히 시작한 독서는 내가 진짜 삶을 시작할 수 있도록 도와줬다. 나보다 먼저 살아본 사람들은 많은 것들을 내게 건네주었다. 경험, 지식, 지혜, 목표, 후회 등이다. 얼마 지나지 않아서 놀라운 사실을 깨달을 수 있었다. 나만 이런 삶을 사는 게 아니었던 것이다. 훌륭한 사람들도 나 같은 시절이 있었고, 훨씬 비극적 상황을 딛고 성공한 사람도 있었다. 점점 시야가 밝아졌고 생각이 넓어졌다.

그렇게 밝아진 시야는 기어코 내 등잔 밑을 비췄다. 내 안에 잠자고 있던 나를 발견한 것이다. 잠자고 있던 나를 깨우자, 딱 한 가지는 확신할 수 있었다. 나는 평생 회사에 다닐 마음이 눈곱만큼도 없는 사람이었다. 잠들어 있던 나는 잊었던 내 꿈을 상기시켰다. 나는 성공하고 싶었다.

한 번 꿈을 직시하기 시작하자, 내 생각은 온통 꿈과 목표에 맞춰졌다. 꾸준히 독서를 하고 건강을 관리하며 나를 발전시켰다. 어떤 방식으로 꿈을 이룰지 끊임없이 질문했다. 나는 고민 끝에 솔직해지기로 했다. 경험도 없이 CEO가 되겠다는 생각을 버렸다. 그저 내 경험과 노하우를 사람들과 나누며 함께 성장하고 싶었다. 그래서 책을 썼으며 나와 비슷한 상황에 처한 사람들을 구해줄 1인 기업을 준비 중이다.

　요새 자존감이나 독서, 꿈이 중요하다는 것을 모르는 사람은 드물다. 하지만 아는 것만으로는 조금 모자라다. 실제로 삶을 바꿀 수 있어야 한다. 나는 이 책을 통해서 온갖 방법을 알려주기보다 두 가지 사실을 전해주는 것에 초점을 맞췄다. 하나는 우리의 삶은 항상 바뀔 수 있다는 점이고, 또 하나는 우리는 생각보다 대단한 사람이라는 점이다.

　위의 두 가지 사실은 옳다고 생각하기는 쉽다. 하지만 당연한 상식으로 받아들이기 힘든 말이 되어버렸다. 나 또한 꿈과 목표를 모두 잃어버렸었다. 그래서 자신을 위대하게 보지 못 했다. 하지만 내 안에 잠든 나를 발견하고 깨움으로써 나다운 삶을 시작할 수 있었다. 나는 이제 매일 아침이 새롭고 기쁘다.

　나는 책을 쓰면서 질문을 많이 던지려고 노력했다. 그저 내 경험을 설명하는 책이 되고 싶지 않았다. 이 책을 읽는 당신이, 책을 읽으면서 또는 다 읽은 뒤에 자신에게 이런 질문을 자신감 있게 던졌으면 한다.

'내 꿈은 원래 뭐였지?' 라고 말이다. 조금 더 욕심 부려서 대답까지 할 수 있다면 바랄 게 없을 것이다. 부디 이 책이 당신에게 보물이 되었으면 한다.

2018년 2월 20일, 독서코치 정광영

내 안에 잠든 나를 깨워라

: 목차

나는 왜 눈치를 보는가?

전 세계를 뒤져봐도
한 명밖에 없는 사람이 돼야 한다.
그냥 우수한 사람이 되면 무조건
더 우수한 사람이 나타나기 마련이다.
그럼 또 경쟁에서 밀리지 않기 위해
유일한 능력인 눈치로 승부하는
삶이 시작된다.

나는 왜 눈치를
보는가?

어렸을 때 부모님과 같이 길을 걷다가 군 것질거리를 보면 그냥 지나치기 힘들었다. 나는 당시에 어렸지만 우리 집이 부자가 아니라는 정도는 알고 있었다. 그래서인지, 부모님께 먹고 싶다고 말씀드릴 수 없었다. 부모님은 그럴 때마다 눈치를 채시고 사주시곤 하셨다.

나는 늘 맛있게 먹었지만 한 편으로는 부모님의 눈치가 보였다. 혹시 나 때문에 부담스러워하지는 않으실까 걱정되었다. 나는 당시에 500원도 큰돈이라고 생각했었다. 학교에서 준비물이 필요할 때도 눈치를 보다가 사지 못 하는 경우가 있을 정도였다. 고생해서 일하시는 부모님에게 돈에 관한 말을 꺼내는 건 항상 큰 부담이었다.

나는 왜 어렸을 때 당연히 사야 할 학교 준비물조차 눈치를 보느라 못 샀을까? 그리고 왜 나는 먹고 싶은 것을 당당하게 말하지 못하고 눈치를 봤을까? 그 이유는 돈이 내가 아닌 부모님한테 나오기 때문이었다. 내 돈이었다면 아무리 큰돈이어도 감당할 수 있는 선에서 당당히 썼을 것이다. 그렇다면 우리가 평소에 눈치를 보는 이유도 다른 사람의 것을 쓰기 때문일까?

우리는 회사를 다녀도 남의 가치관 밑에서 일한다. 남의 돈을 받고, 남의 평가기준을 사용한다. 내 것이 없기 때문에 우리는 당당할 수 없다. 회사에서 일을 할 때 눈치를 보는 건 어찌 보면 당연한 일이다. 학생도 마찬가지다. 다른 사람이 나를 어떻게 볼지 눈치를 본다. 시험도 내가 낸 문제가 아니기 때문에 불안해한다.

우리는 사회생활을 하면서 내 것을 쓰는 일이 드물다. 오히려 여기까지 들으면 내 것을 쓸 일이 있나 싶다. 하지만 분명히 쓸 수 있다. 오히려 자신의 것을 쓸 수 있는 사람이 항상 좋은 성과를 낸다. 평소에 쓸 수 있는 나만의 것은 생각보다 많다. 우선 자신이 무엇을 가지고 있는지 알아보자.

우리는 자신만의 장점을 가지고 있다. 지금까지 내가 만나본 사람들 중에는 당당하게 사는 사람이 별로 없었다. 하지만 그 누구도 장점이 없는 사람은 없었다. 누구보다 뛰어난 장점을 활용하지 못할 뿐이었다. 나도 마찬가지로, 다른 사람이 따라올 수 없는 나만의 장점이 있다. 자신의 장점을 모르면 남의 행동을 따라서 해야 된다. 결국 눈치를 보는 습관으로 이어지는 것이다.

또한 우리는 나만의 기준을 가지고 있다. 지금까지 다른 사람의 기준만 써서 잘 모를 수도 있다. 하지만 우리는 분명히 자신만의 기준이 따로 있다. 혹시 일상생활에서 '이 쯤 하면 충분한 거 아닌가?' 라고 생각해본 적이 있다면 이해가 빠를 것이다. 그저 다른 사람의 기준을 쓰고 있기 때문에 나만의 생각에서 그치는 것뿐이다.

마지막으로 우리는 원하는 미래를 가지고 있다. 이건 사람에 따라서 늘 품고 있을 수도 있고 아예 모르는 경우도 있다. 나는 아예 모르는 경우였다. 어렸을 때부터 미래를 그려보라고 하면 아무것도 그리지 못 했다. 원하는 미래를 생각하기 위해서 7년을 심사숙고했을 정도다. 누구나 자신이 원하는 미래가 마음속에 존재한다. 하지만 대부분이 미래를 위해서 살지 않는다. 그러면 결국 남이 원하는 미래를 위해서 살아야 된다. 남의 미래를 빌리는 것이다.

위의 세가지 외에도 우리가 가지고 있는 건 많다. 핵심은 각자가 훌륭한 것들을 가지고 있다는 것이다. 이것들을 묶어서 보통 '자아'라고 부른다. 진정한 자아를 찾는 사람만이 눈치 안 보고 살아갈 수 있다. 진정한 자아의 필요성을 하루빨리 인지해야 한다.

자아를 찾는다는 건, 삶의 주도권을 다시 탈환하는 것이다. 아무도 삶의 주도권을 빼앗아가지 않았다. 하지만 주도권을 뺏겼다는 인식을 할 수 있는 기회가 없는 게 문제다. 그래서 자연스럽게 삶의 주인자격을 포기하고 다른 사람에게 맞추려고 노력한다. 삶이 힘겨운 이유의 대부분은 주도권을 잃었기 때문임을 알아야 한다.

그러면 어떻게 주도권을 찾을 수 있을까? 그 답은 스스로를 관찰하는 것이다. 사람은 하루에도 엄청난 양의 생각을 한다. 무의식적인 행동으로 나올 때도 있고, 감정으로 느껴질 때도 있다. 대부분 이런 단서들을 그냥 넘기기 때문에 항상 같은 고통을 겪게 된다. 과학의 발전이 현상의 발견으로부터 시작되는 것과 같다. 자아를 찾고 삶의 주도권을 탈환하는 것의 시작은 자아의 괴로움을 인지하는 것부터다.

나는 나를 관찰하면서부터 나다운 인생을 살 수 있었다. 내 생각을 관찰하고 감정을 관찰했다. 행동을 관찰하고 원하는 미래를 관찰했다. 이 과정에서 비전이 생겼고, 삶의 방식이 정해졌다. 나의 장점도 알게 됐고, 나만의 기준도 생겼다. 그러자 내가 원하는 삶의 모습이 그려지기 시작했다.

우리는 눈치를 보는 일을 너무 당연하게 생각한다. 어린 아이들이 사람이 모인 자리에서 큰 목소리를 내면 '눈치가 없다.'고 혼내기도 한다. 하지만 사회의 격식을 차리는 것과 눈치를 살피는 것은 다르다. 격식을 차리면서 나답게 살아가는 건 불가능한 일이 아니다. 그저 두렵기 때문에 행동으로 옮기지 못 할 뿐이다.

만약에 눈치 안 보고 살 수 있다면 어떻게 살 수 있는지 머릿속으로 그려보자. 머릿속에서는 상사에게 욕을 하거나 스트레스를 주는 사람에게 예전 일을 따지는 장면이 지나갈 것이다. 이런 충동적인 장면들이 지나가면 아무것도 남는 게 없을 것이다. 이게 진짜 문제다. 나도 그랬었기 때문에 잘 알고 있다. 상사나 주변사람들의 말에 반박하거나 화로 표출되는 상상 외에는 아무것도 생각나지 않았다. 이미 주도권을 타인에게 양도했기 때문에 나다운 삶을 잊어버렸기 때문이다.

사람들은 주도권을 뺏긴 게 아니라 스스로 양도한 것이다. 또한 눈치를 보는 게 아니라 나답게 사는 법을 잊은 것뿐이다. 오늘부터라도 자신을 관찰하는 습관을 들여야 한다. 내가 하루 종일 어떤 불만을 품고 있고 어떤 행동을 하면서 사는지 알고 있어야 한다. 자아도 아는 만큼 보이기 때문이다.

사회는 사람들이 모여 있는 공간이기 때문에 최소한의 배려들이 필요하다. 그것을 눈치라고 보통 표현한다. 그러나 뜻이 왜곡되어서 많은 사람들이 어려움을 겪고 있다. 눈치를 잘 보는 사람은 결국 다른 사람의 삶을 살기 때문에 개성이 요구되는 시대에는 맞지 않는다. 이런 사람은 스트레스로 자멸하거나 삶의 주도권을 가진 사람에게 밀려난다.

아무리 노력해도 나답게 사는 사람을 이길 방법은 없다. 우리는 지금까지 무시했던 내면의 목소리를 듣기 위해 노력해야 한다. 그걸 현실에 잘 반영해서 눈치를 보지 않는 사람이 되어야 한다. 더 이상 꾹 참았다가 감정의 폭발을 겪으면 안 된다. 의견을 표출하는 법, 나를 발산하는 법을 익혀야 한다. 나도 예전에는 눈치를 보면서 감정의 기복을 겪었었다. 반면에 지금은 과거를 돌아보면서 생각한다. '도대체 나는 왜 눈치를 보면서 살았을까?' 라고 말이다. 더 이상 눈치라는 핑계를 벗어버리고 자신을 관찰하고 직시할 시기다.

왜 별것도 아닌 일에 욱할까?

욱한다는 건, 앞뒤를 보지 않고 참았던 감정이 폭발하는 것이다. 때문에, 대부분 자신의 손해로 돌아온다. 하지만 이런 사실을 알면서도 기존의 성격을 변화시키기 어려워한다. 혹은 자신에게 손해가 돌아온다는 사실을 아직 모르는 경우도 있다. 욱하는 순간이 많다는 건, 스스로에 대한 무지에서 비롯된다.

내가 중학생 때의 일이다. 집안의 수입이 넉넉하지 못했기 때문에 당시의 아빠는 버려진 전선다발을 집에 가지고 오셨다. 이 전선다발의 고무 피복을 벗기고 구리선을 고물상에 팔면 벌이가 꽤 되었기 때문이다. 아빠 혼자 일이 끝나고 집에 와서도 전선을 벗기시는 모습이 힘들어 보였다. 그래서 '커터칼'로 고무 피복 벗기는 작업을 도와드렸다.

어느 날, 굵은 전선의 피복을 벗기는 작업 중이었다. 수월하게 벗기다가 끄트머리에서 칼날이 '턱' 하고 걸렸다. 이런 경우에는 날이 상하기 때문에 바로 교체해야 한다. 그런데 정체모를 '욱' 이 속에서 올라왔다. 그 순간 온 힘을 다 주어 전선을 끊기라도 하려는 듯 커터칼을 앞으로 밀었다. 그리고 칼날은 앉은 자세로 작업하던 내 발에 닿았다.

순간 멍해진 나는 발을 보았지만 피가 나지 않았다. '뭐지? 착각이었나? 다행이다.' 라고 생각한 순간, 피가 한 두 방울 맺히기 시작하더니 '울컥울컥' 하며 쏟아져 나왔다. 부모님과 나는 너무 놀랐고 화장실 세면대에 가서 물에 발을 담갔다. 왜 담갔는지는 모르지만 그래야 할 것 같았다. 순식간에 물은 빨갛게 변했다. 그 후에 거실로 나와서 응급처치로 붕대를 감은 다음에 발을 심장보다 높게 들었다.

다행히 더 큰 일은 발생하지 않았지만 '대체 왜 화가 났던 거지?' 라는 의문이 남았다. 지금 생각해보면 나는 그 당시에 아빠한테 인정받고 싶은 욕구가 강했었다. 전선이라도 잘 벗겨야겠다고 생각했는데 예상치 못 한 일로 차질이 생긴 것이다. 해결방법을 찾고 더 나은 결과를 만드는 것이 최선이겠지만 그 단계가 무시되고 '욱' 이 먼저 올라왔다.

나는 왜 해결방법을 찾겠다는 생각을 하지 못했었을까? 답은 하나다. 자신을 믿지 못 했기 때문이다. 나에게 이 상황을 해결할 능력이 없다는 전제가 깔려있던 것이다. 이런 패턴이 무려 스무 살 때까지 반복되었다. 뜻대로 풀리지 않는 사람이나 상황을 만나면 분이 가라앉지 않았다. 집에 와서도 한참을 씩씩거렸다. 그러다보니 문제가 발생하면 나만 끙끙 앓다가 해결이 되지 않았다. 점점 이런 성격을 싫어하는 사람들이 생겨나기 시작했고, 나 자신도 내가 싫어졌다.

욱하는 성격은 다양한 형태로 나타난다. 학창시절에 조용하던 아이가 갑자기 소리를 지르는 경우가 있었으며, 또는 성인이 되어서도 별 것 아닌 일에 갑자기 정색하는 사람들도 있었다. 이는 경고의 표시로써, 더 이상 자신의 신체나 정신에 피해를 주지 말라는 메시지를 담고 있다. 대부분 화를 내는 것보다 더 나은 방법을 모르기 때문에 이런 반응을 보인다.

감정폭발의 근본적인 원인은 자존감이다. 스스로에게 자신이 없기 때문에 사소한 장난도 그냥 넘길 수 없는 것이다. 나만의 개성이나 장점이 없다고 생각하기 때문에 모든 면에서 완벽해지려고 하고, 뜻대로 안 되면 사사건건 화를 내거나 속에 담아둔다. 하지만 최선의 해결책을 찾지 못 한 사람에게는 좋은 결과가 남지 않는다. 결국 사람도 잃고 나에 대한 신뢰도 잃는다.

내가 욱했던 상황에는 항상 두 가지 생각이 따라다녔다. 첫 번째 생각은 '왜 나한테만 이런 일이 벌어지지?' 였다. 두 번째 생각은 '왜 사람들이 나한테만 이러지?' 였다. 다른 사람들은 다 태평하고 사이좋게 지내는 걸로 보였다. 그런데 나한테만 이상한 일들이 벌어지니 미칠 노릇이었다. 물론 지금은 이렇게 힘들게 살지 않는다. 내 생각에 대한 답을 찾았기 때문이다.

'왜 나한테만 이런 일이 벌어지지?' 라는 질문에는 나한테만 이런 일이 벌어지지 않는다는 결론이 내려졌다. 나한테만 벌어진다고 착각하고 있었을 뿐, 그 어떤 상황도 대부분의 사람들에게 벌어지는 문제였다. 모두 나름대로 극복하고 있었다. 그리고 모든 상황은 내가 불러들였다는 사실도 알았다. 나에게 상황이 오는 것이 아니라 내가 상황으로 걸어가는 것이었다.

예를 들어, 어떤 사람이 길에서 행인과 어깨를 부딪쳤다고 해보자. 어깨를 부딪치는 상황은 자신에게만 일어나는 일이 아니다. 또, 어깨싸움이 중요한 게 아니므로 여기서 시간과 감정을 소비할 필요가 없다고 생각해야 한다. 하지만 여기서 인상을 찌푸리거나 욕설을 하는 사람이 바로 부정적인 상황으로 걸어가는 사람이다.

'왜 사람들이 나한테만 이러지?' 라는 질문은 간단하다. 내가 상대방처럼 행동했기 때문에 상대도 나에게 같은 행동을 하는 것이다. 나는 스무 살 까지만 해도 입에 욕이 밴 사람이었다. 상대를 비하하려는 목적이 아니라 습관이었다. 감탄사, 놀림, 장난, 추임새를 모두 욕으로 했었다.

어느 날, '도대체 내가 왜 욕을 하고 있지?' 라는 의문이 생겼다. 의문이 생긴 날에 나는 욕설이 남아 있는 SNS의 게시물 5년 분량을 모두 지웠다. 댓글은 물론 남아있겠지만 그 욕을 보고 들은 친구들에게 미안해졌다. 그리고 생활에서 욕을 지웠더니 극소수를 제외하고는 나와 말할 때 욕을 하는 사람이 없어졌다. 이 일로 인해서 내가 처한 상황과 나와 지내는 사람들이 내 행동에 따라 달라진다는 것을 알았다. 이 사실은 삶의 주도권을 회복하게 해줬고 자존감과 자신감도 주었다. 원인을 차단했기 때문에 욱해서 후회할 짓을 하는 일도 없어졌다.

아직도 많은 사람들이 삶의 주도권을 가지고 헤맨다. 욱하는 것은 어쩔 수 없는 게 아니다. 과거의 말, 생각, 행동이 지금 상황을 선택한 것이다. 그래서 나는 앞으로 욱하지 않을 선택을 하고 있다. 절대 욕하지 않고, 길에서 사람과 부딪히면 먼저 목례하여 사과한다. 이런 행동이 가능하려면 자존감이 있어야 한다. 나는 아빠한테 인정받기 위해서 고작 전선피복을 까다가 발에 흉터를 만들었다. 내가 잘 하는 것이 뭔지 몰랐기 때문이다.

지금은 내가 책 읽기를 좋아한다는 것을 안다. 그래서 장점을 활용해서 남들에게 영향력 을 줄 수 있는 작가의 길을 선택했다. 사람들에게 인정받을 분야가 생긴 것이다. 그러므로 다시는 전선 피복을 벗기다가 베일 일은 없다. 나에게 피복 벗기기는 중요하지 않은 일이 되었다. 다른 분야에서도 마찬가지다. 내가 인정받을 분야에 대한 자신감이 생겼고, 자신 없는 분야를 인정하는 사람이 됐다. 그러자 일상에서 감정이 폭발할 일이 없어졌다.

만약에 주변 상황과 사람이 나를 욱하게 만든다면 한 번 쯤 시선을 나에게 돌려봐야 한다. 그리고 '앞으로 이 상황이 안 오게 하려면 어떻게 행동해야 하지?', '날 화나게 한 이 사람이 한 행동과 말을 내가 했나?' 라고 스스로에게 질문해야 한다. 물론 우리는 아무 잘못도 안 했을 수도 있다. 그저 어떤 사람과 성격이 안 맞는 것일 수도 있다.

하지만 욱하는 습관은 우리에게 피해를 가져온다. 내 이미지를 실추시켜서 가치를 하락시킨다. 자신에게 상처를 만들고 오래 지속시킨다. 나는 이 결과들이 너무나 억울했다. 별로 잘못한 것도 없는데 내가 모두 뒤집어쓰는 것이 분했다. 그래서 끊임없이 이에 대한 답을 찾아다녔다. 내가 내린 답은 모두 스스로 자초한 결과였다는 것이다.

나에게 손해가 되는 일을 줄이기 위해서라도 욱하는 습관은 통제할 수 있어야 한다. 우리는 별것도 아닌 일에 욱해서 자제력을 잃을 정도로 약하지 않다. 내가 나답게 살려면 스스로를 믿는 것이 기본이다. 설령 이미 욱해서 인간관계를 망치거나 일을 망쳤다고 하더라도 상관없다. 이제부터가 중요하다.

좌절을 딛고 일어났다고 하더라도 원인이 똑같으면 결과는 같다. 나는 이런 사실을 몰랐기 때문에 누군가에게 "너는 원래 그런 사람인 거야."라는 말까지 들어봤다. 착하고 성실하게 살았다고 생각했는데 원래 욱하는 사람이라고 못 박혔을 때의 기분은 최악이었다. 지금 생각해보면 틀린 말은 아니었다. 하지만 나는 결국 변해서 다른 삶을 살고 있다. 욱하는 성격이란 없다. 단, 욱하는 습관만 존재한다. 그리고 욱하는 습관은 우리에게 절대 이익이 되지 않는다. 지금 이 순간부터 내가 원하는 상황을 만들기 위한 선택을 해야 한다.

항상 신경이
곤두서있다

에릭 칼로니어스의 《어떻게 한 발 앞서갈 것인가》를 읽었다. 저자는 감정이 우리를 압도할 때, 뇌는 위기모드의 메커니즘을 발동해서 '신경'을 곤두서게 한다고 말했다. 신경이 곤두서면 근육이 긴장상태를 유지하고 시각과 청각이 예민해진다. 그렇다면 '감정이 우리를 압도한다'는 건 무슨 뜻일까?

최근에 들렀던 카페에서 감정에 압도된 것 같은 사람을 봤다. 갑자기 큰 목소리가 들려서 귀를 기울여보니, 카페 종업원과 손님 A씨 간의 말다툼이 벌어지고 있었다. A씨는 나이가 좀 있어 보이는 남자손님이었다. 나중에 물어보니 문제의 발단은 이랬다. 손님이 많아서 A씨가 주문한 음식이 빨리 나오지 않았다. 그래서 A씨는 왜 주문한 게 안 나오는지 종업원에게 물어봤다.

A씨는 설명을 들었지만 무작정 화를 냈다. 당시에 A씨는 말을 그렇게 하면 안 된다고 따지고 있었다. 그러나 종업원은 손님의 기분이 나쁠 말은 하지 않았다. 그저 대기인원이 많아서 늦게 나온다고 친절하게 전달했을 뿐이다. 종업원은 A씨의 반응을 이해하지 못하고 자신의 의도와 상황을 계속 설명했다. 하지만 A씨가 원하는 답은 그런 게 아니었다. 결국 긴 공방 끝에 종업원은 상황을 끝내기위해 "죄송합니다. 제가 말을 잘 못 했습니다."라고 반복해서 말했다. A씨는 그제야 감정이 누그러지기 시작해서 자리로 돌아갔다. A씨가 간 뒤에 종업원은 울상이 되어 일하고 있었다. 결론 없는 말싸움 끝에서 A씨가 얻은 건 영혼 없는 사과뿐이었다.

여기서 A씨는 왜 화났던 것일까? 분명히 종업원은 전혀 그럴 의도가 없었고 실제로 말투도 기분 나쁘지 않았다. 나도 그 종업원에게 음료를 주문했기 때문에 알 수 있다. 나는 A씨의 신경이 곤두서있었기 때문에 문제가 발생했다고 생각한다. 손님은 왜인지 모르게 종업원의 말이 기분 나쁘게 들렸다. 다른 사람에게는 아무것도 아닌 일이 자신에 대한 모욕이라고 판단된 것이다.

이런 일은 생각보다 자주 일어난다. 친구 혹은 아는 사람과 대화를 할 때, 갑자기 기분이 급격하게 나빠지는 사람을 봤을 것이다. 말한 사람은 아무런 의미도 없었지만 상대는 신경이 곤두서있었기 때문에 자신에 대한 방어를 한다. 왜 이런 일이 발생하는 걸까?

신경이 곤두서있는 이유는 자존감이 낮아서다. 자존감이 낮으면 다른 사람들이 자신에게 악의가 전혀 없다는 것을 이해하지 못한다. 스스로도 자신을 낮게 평가하는데, 다른 사람이 나를 높게 평가해줄 일이 없다는 전제가 있다. 그럼에도 불구하고 사람인 이상 모욕을 받거나 감정이 상하는 경험은 기분 나쁜 일이다. 그래서 상대의 의도와는 상관없이 감정에 압도당한다. 곧이어 신경이 곤두서는 것이다.

의외로 신경이 곤두선 채로 살아가는 사람들은 많다. 스스로 특정 부분에 대해서, 혹은 전반적으로 과소평가하는 경우에는 그 부분에 민감하게 반응한다. 예를 들어 공부에 자부심이 없는 사람이라면 대화중에 공부얘기가 나올 경우에 신경이 곤두선다. 그러다가 상대가 자신을 비하할 목적이 없었음에도 자신의 감정이 상하면 화를 낸다.

신경을 곤두서게 하는 원인에는 여러 가지가 있다. 자신의 약점, 과거의 콤플렉스, 실수했던 경험 등이다. 이런 일들은 모두 자존감을 떨어뜨리는 데 한 몫 한다. 나는 무려 '일상생활'에 대한 콤플렉스가 있었다. 어렸을 때부터 엄마는 나에게 "너는 일상생활을 못 해."라고 말씀하신 걸 마음 깊이 담아두고 다녔기 때문이다.

남들에게는 일상적이고 편안한 일들이 나에게는 늘 시험의 순간이었다. 어렸을 때부터 일상생활에서 많은 콤플렉스가 있었기 때문이다. 물건을 들 때도 신중하고 손가락 하나까지 신경을 써대니, 스트레스가 쌓였다. 누군가 일상생활에 관한 말을 꺼내도 민감하게 반응했다. 아무것도 아닌 일을 스스로 잘못이라고 생각했기에 큰 죄를 지은 것 같은 반응을 보였던 것이다.

결국 나를 벼랑으로 내몰았던 건 나 자신이었다. 남들이 보면 이상하겠지만 자신에게는 정말 심각한 문제다. 그러면 여기서 얻을 수 있는 사실은 뭘까? 바로 아무것도 예민할 일이 없다는 것이다. 우리는 대부분 남들의 시선이나 반응을 추측하고 예상하느라 스트레스를 받는다. 이제부터는 전혀 그럴 필요가 없다.

우리를 평가하는 건 자신밖에 없다. 남들이 뭐라고 하더라도 기분이 상하는 이유는 내가 그 말을 인정하기 때문이다. 결국 최종 판단은 내가 하는데, 내가 나를 부정적으로 생각하면 모든 상황이 부정적인 효과를 낸다. 칭찬도 위로로 들리고 비난은 더 크게 들린다.

반면에 자존감이 높은 사람들은 정말 편하게 산다. 나를 다그친다고 해서 더 좋은 성과가 있는 게 아니라는 걸 알기 때문이다. 비슷한 결과들 속에서 자신을 격려하고 긍정적인 생각을 하는 사람이 훨씬 오래가고 높이 날아간다. 자존감이 높다는 건 스스로의 가치를 깨달았음을 의미한다. 남들의 시선과 기준에 따라서 좌지우지 되지 마라.

나는 신경이 곤두서있고 자존감이 낮은 사람이었기 때문에 알 수 있다. 신경이 곤두선 사람들은 정말 피곤한 삶을 살고 있다. 아무것도 아닌 일에 화내야 하고 상대에게 대응해야 된다. 하지만 자존감이 높은 사람들은 주변 사람들의 사소한 언행을 신경 쓰지 않아도 된다. 자신을 믿는 만큼 주변 사람들도 믿어주기 때문이다. 만약에 나를 욕하는 사람이 있다고 해도 신경 쓰지 않는다. 그 사람과 안 맞는다는 걸 인정하고 거리를 두면 되기 때문이다. 이처럼 간단한 문제도 자존감이 낮으면 복잡한 문제로 인식한다.

여유 있는 인생은 행복하다. 남들이 나를 어떻게 생각하는지 눈치를 안 봐도 되기 때문이다. 귀를 쫑긋 세우고 나를 욕하는지 신경 쓰지 않아도 된다. 위에서 말한 대로 신경이 곤두서는 건 감정에 압도된다는 뜻이다. 과거의 상처가 들쑤셔지거나 어떤 계기로 인해서 통제력을 상실하게 된 것이다. 내가 나를 통제할 수 있다는 사실을 기억하라. 상대에게 초점을 맞추지 않으면 여유를 되찾을 수 있다.

나는 조급해한다고 해서 아무것도 해결되지 않는 것을 알았다. 남들에게 치부를 들키지 않기 위해서 노력하는 것이 오히려 손해라는 것도 알았다. 약점이 있으면 오히려 당당히 공개하는 게 낫다. 앞으로 벌벌 떨면서 사는 것 보다 압도적으로 이득이기 때문이다. 신경을 곤두세운다고 해서 상황은 아무것도 나아지지 않는다. 오히려 감정이 앞선 행동들 때문에 손해만 늘어난다.

자존감이 낮으면 신경이 곤두선다. 내가 스스로를 낮게 평가하기 때문이다. 그래서 남들이 나를 좋게 평가해주면 좋겠다고 생각한다. 그와 함께 나를 욕할 수도 있다는 두려움이 같이 느껴진다. 그래서 각종 감각이 예민해진다. 사실은 아무도 나를 욕하거나 칭찬할 권리가 없다. 나는 오직 나만이 평가할 수 있다. 스스로를 높게 평가하고 여유로운 삶을 얻어라.

작은 일에도
쉽게 상처받는 이유

나는 '단점리스트'라는 걸 가지고 있었다. 회사생활과 일상생활에서 실수를 많이 했기 때문이다. 실수를 줄이고 싶어서 단점들을 노트에 정리하기에 이르렀다. 예상대로 단점은 끝도 없이 적혔다. 모든 단점을 고치기 위해서 평소에 많은 노력을 기울였다. 하지만 이미 패턴이 되어버린 습관들은 쉽게 바뀌지 않았다.

단점리스트를 가지고 있었을 때가 인생에서 가장 힘든 순간 중 하나였다. 차라리 노력도 안 하면 모를까, 성과가 없으니 내가 게으르다는 생각만 맴돌았다. 주변 사람들의 지적은 계속 나에게 들렸다. 그러나 지금은 이 행동을 후회한다. 만약에 이게 쓸데없는 노력이었음을 알았다면 단점에 관한 고민조차 하지 않았을 것이다.

사회생활을 하다보면 자신과 싸울 일이 많다. 조직의 분위기와 문화에 적응하기 위해서 지금까지의 패턴을 바꿀 필요가 있기 때문이다. 많은 사회인이나 학생들도 이런 고민을 하고 있을 거라고 생각한다. 조직과 개인이 완벽히 맞는 경우는 기대하기 힘들다.

하지만 나는 단점리스트를 활용하기는커녕 단 하나의 교훈만을 얻고 노트에서 없애버렸다. 그 교훈을 요약하면 '나는 나다.' 이다. 우리는 각자의 삶이 존재한다. 다른 환경에서 자랐기 때문이다. 그 과정에서 형성된 성격이나 습관은 죄가 아니었다. 나는 남들의 불평이나 지적에 쉽게 상처를 받았기에 인정받고 싶어서 단점을 고치려고 했다. 하지만 이는 근본적으로 '나'를 인정하지 않는 행동이다. 우리는 모든 사람이 원하는 대로 될 수 없다. 그저 나답게 살면 되는 것이다.

내가 이 당연한 사실을 깨닫게 된 계기가 있다. 추리 소설인《인페르노》였다. 소설 속에 등장하는 천재 의사가 있다. 이 의사는 어릴 때부터 천재였지만 천재인 탓에 주변 사람들과 어울리지 못 한다는 설정을 가지고 있다. 결국 정신과에 가서 상담을 받게 됐는데, 상담을 받는 대목에서 내 관점이 바뀌었다. 사회에 적응하지 못해서 자신을 바꾸려고 하는 어린 천재에게 정신과 의사는 "지금 너는 주로 너 자신만을 생각하고 있지. 왜 네가 적응하지 못하는지, 무엇이 잘 못 되었는지를 고민하면서 말이야." 〈중략〉 "바로 그런 생각자체가 문제인 것 같구나."라고 말해주었다.

마치 정신과 의사가 나에게 조언하는 것 같았다. 비록 소설이지만 근거가 있기 때문에 작가가 이런 장면을 넣었을 것이라고 생각했다. 나는 항상 자신이 모자라다는 인식을 가지고 있었다. 그래서 단점을 없애려고만 했다. 그랬던 내게 소설 속 천재가 같은 고민을 앓고 있다는 사실은 큰 위로가 되었다.

그렇다면 나를 바꾸지 않고도 실수와 상처에서 해방될 방법이 있는 것일까? 그렇다. 모든 단점을 완벽하게 해결하지 않아도 잘 살아갈 수 있다. 이 세상은 혼자 사는 세상이 아니다. 주변에 있는 사람들도 우리와 같은 시대를 살아왔고 비슷한 환경 속에서 성장한 사람들이다. 나는 주변을 관찰하지 못했었다.

작은 상처들이 눈과 귀를 막고 있었다. 눈을 뜨자, 나와 비슷한 실수를 하고도 특유의 재치나 기존의 신뢰로 물 흐르듯 넘어가는 사람들이 보였다. 귀를 열자, 나와 비슷한 고민을 술자리에서 토로하는 상사와 동료들의 목소리가 들렸다. 중요한 것은 내가 무슨 실수를 했고 단점이 뭔지가 아니었다.

작은 일에도 쉽게 상처받는 사람들은 자신에 대한 자부심이 없는 경우가 많다. 사람은 저마다의 특징과 개성이 있다. 그런데도 단점에 집중하려는 것은 흰 종이 위에 점 하나 찍힌 것을 지우려고 칼로 긁어내는 격이다. 결국 이런 사람은 종이가 찢기고 나서야 점이 찍힌 종이가 본래의 나였음을 깨닫는다.

우리는 학생 때 시험을 본다. 틀린 문제를 대상으로 오답노트를 쓰고 벌칙으로 깜지를 썼다. 그래서 어떤 과목의 점수가 낮으면 그 과목의 점수를 올리려고 노력한다. 하지만 낮은 점수를 올리는 것 보다 높은 점수에 주목하는 것이 옳다. 실제로 나는 중학생 때 수학점수가 28점 이었다. 그래서 수학공부에 치중했지만 그나마 봐줄만했던 다른 과목 점수까지 내려갔다. 물론 모두 100점을 맞는 아이도 있지만 우리의 삶은 시험이 아니다. 시험에는 100점이라는 틀이 정해져 있지만 삶은 그렇지 않다. 모두 100점을 맞는 사람보다 특정 부분에서 몇만 점을 따내는 사람이 이긴다는 뜻이다.

많은 사람들이 장점을 보려는 생각을 못 한다. 우선 단점을 해결해야 장점을 발휘할 수 있다고 생각한다. 우리의 장점은 무궁무진하고 나만의 특기는 아무도 따라올 수 없다는 사실을 먼저 알아야 한다. 내 주위에도 그 사람만의 장점이 내 눈에는 보이는데 정작 본인은 모르는 경우가 상당히 있다.

나는 이러한 사실을 책을 통해 배울 수 있었다. 주변을 관찰하는 것보다 책을 읽어서 다양한 사람들의 깊은 이야기를 듣는 게 훨씬 더 효과가 좋았다. 한두 권으로 끝내지 않고 꾸준히 책을 읽었다. 내 안에 쌓인 훌륭한 사람들의 경험과 가르침이 나만의 장점이 되었다. 그 과정에서 나의 삶을 드디어 이해할 수 있었다. 내가 가지고 있던 장점을 발견할 수도 있었고 향상시킬 수도 있었다. 익히고 싶은 습관을 조언대로 익히고 발전하며 내가 원하는 모습으로 변해갔다.

지금의 나는 상처를 받지 않는다. 단점 리스트 맨 밑에 나의 단점을 이해하고 인정한다고 적었다. 그 후 더는 단점 리스트를 볼 일이 없었기 때문에 뜯어서 버렸다. 나 혼자 앓던 단점들을 쿨 하게 주변에 공개했다. 뭔가 기억해야 할 일이 주어지면, "제가 기억력이 안 좋아서 그러는데 이따가 전화해주시면 안 될까요?"라고 말한다. 그러면 당연히 상대는 자연스럽게 알겠다고 한다. 어차피 나는 기억력으로 이름을 떨치러 태어난 사람이 아니기 때문에 사소한 것에 연연할 필요가 없다.

내 단점들을 스스로 받아들였더니 모든 문제가 눈 녹듯이 해결되었다. 그래서 단점 리스트도 없앨 수 있었다. 나는 이 일을 통해서 깨달았다. 나를 인정하고 이해하는 마음을 가지는 사람이 앞으로 나아갈 대책도 가지게 된다. 작은 일로도 상처받았던 과거에는 나만의 해결법이 없었다. 그저 '열심히 하다보면 언젠가 좋아지겠지.' 라고 안이하게 생각했다. 하지만 지금은 그런 생각이 얼마나 위험한지 알고 있다. 노력만 믿다가는 비참한 결과가 나오기 쉽다. 이 세상에 완벽한 사람은 없다. 자신의 가치는 오로지 나만 정할 수 있다. 아무리 똑똑한 사람도 외모에만 치중한다면 평생 자신의 장점을 발견할 수 없다.

결국 상처를 받는 것은 관점의 차이였다. 나는 본질적으로 예전과 달라진 점은 거의 없다. 단, 마음가짐이 달라졌다. 예전의 나는 '나도 저렇게 평범하게 살고 싶다.'라고 생각하며 다른 사람들을 부러워했었다. 그런데 다른 사람이 보기엔 나도 부러움의 대상이 될 수 있음을 책을 통해서 깨달았다.

상처받는 것은 결코 부끄러운 일이 아니다. 오히려 열심히 살았기 때문에 상처를 받는 것이다. 하지만 매번 상처받고 노력만 하는 것은 빚을 져놓고 이자만 갚는 것과 비슷한 이치다. 원금을 갚지 못 하면 평생 빚에서 빠져나오지 못 한다. 당장의 '힐링'보다는 근본적인 상처를 해결할 필요가 있다는 걸 알았다.

장점을 찾아서 세상에 나를 알려야 한다. 3년 전까지만 해도 나는 세상에서 제일 슬픈 표정으로 "죄송합니다."를 연발해야 했다. 그래야 그나마 덜 혼났기 때문이다. 지금은 죄송할 일을 만들지 않는다. 내가 어디에 특기가 있고 뭘 지독히 못 하는지 알고 있다. 책을 통해서 나는 상처의 원인을 차단할 수 있게 됐다.

계속 단점에만 주목하는 사람은 세상의 기준에 나를 맞추는 사람이다. 내 옆에 예쁜 사람이 있으면 얼굴의 단점에 주목한다. 또, 일의 처리속도가 빠른 사람이 있으면 자신의 장점이 분석이라고 해도 속도에만 집중한다. 이렇게 사는 것은 기껏 올라온 계단에서 내려와, 옆에 있는 계단을 다시 오르는 것과 같다. 노력은 하지만 평생 낮은 층에서 벗어날 수 없다. 자신의 장점과 단점을 잘 파악해서 인정도 할 수 있어야 한다. 이런 과정을 거쳐서 스스로를 이해하는 사람이 되어라. 상처가 회복되어 나다운 삶이 시작될 것이다.

나는 인간관계가
가장 어렵다

최근에 무라마츠 다츠오의 《고객의 80%
는 비싸도 구매한다!》를 읽었다. 저자는 가격을 내려서 많이 파는 방
법이 무조건 좋은 게 아니라고 했다. 많이 팔려도 이익이 얼마 안 남
는데, 인건비와 운영문제로 힘들어지는 악순환이 발생하기 때문이다.
그래서 저자는 '고액고객 마케팅'이라는 수단을 사용한다. 어차피
100%의 고객 중, 세일하는 제품만 고르는 건 하위 20%의 고객이라고
한다. 나머지 60%는 세일여부에 상관없이 구매하고, 20%는 세일제
품을 사지 않는 상류층 고객이다.

책에서는 이것을 '2·6·2법칙'이라고 부른다. 이에 근거해서 상
품의 가격을 고액으로 책정하고, 고객에게 그 이상의 가치를 주는 게
'고액고객 마케팅'이다. 고액고객마케팅을 잘 적용하면 상위 80%의

고객을 가게로 불러들일 수 있다. 세일을 하는 전략도 80%를 노리는 것이지만 이익도 안 남고 피폐해진다. 이것을 저자는 바쁘기만 한 가게라고 했다. 반면에 상위 80%를 노리는 전략은 이익도 높고 상품의 가치도 올릴 수 있다. 게다가 고객에게 진정한 만족까지 주기 때문에 현명한 마케팅 전략이다.

나는 이 책을 읽으면서 마케팅이 인간관계와 매우 흡사하다고 생각했다. 많은 사람이 스스로를 세일해서 사회에 내놓는다. 그리고 최대한 많은 사람과 만나려고 노력한다. 그 과정에서 우리는 시간경영에 차질을 맞이하고, 에너지를 과하게 소모한다. 하지만 그 결과는 신통치 않다. 사람들은 내가 아무리 노력해도 '그래 그런 사람이 있어.'라고 생각할 뿐이다. 나는 50명과 만났지만 50명은 한 명을 만났기 때문이다.

마치 '고액고객 마케팅'과 반대되는 세일 마케팅과 비슷하지 않은가? 이익은 별로 나지도 않는데 하루 종일 바쁜 가게와 비슷해 보인다. 정작 사람들은 나를 중요하거나 대단하다고 평가해주지 않는다. 그저 나만 바쁘고 힘들뿐이다. 이 상황을 해결하려면 인간관계의 방식을 바꿔야 한다.

나도 인간관계가 가장 힘들었다. 거의 2주 만에 있는 휴무에도 지인들을 만나야 했다. 원래 지인들을 만나면 기뻐야 하는데 체력이 너무 모자랐다. 쉴 틈도 없이 사람들을 만나도 2주에 한 번꼴이기 때문에 언제나 오랜만인 만남이었다. 그리고 나는 사람들을 잘 안 만나던 사람이다. 친척과도 거리가 멀고, 사교성이 엄청 좋은 편도 아니었다. 그래서 다른 사람들을 어떻게 대할지 몰랐다.

그저 회사에서 요구하는 방법이 유일한 방법이라고 믿었다. 친해지려면 술을 마셔야 하고, 술자리에 빠지지 않고 참석해야 한다고 생각했다. 그리고 언제나 굽히는 자세로 들어가서 눈치를 잘 보는 게 최선의 방법인 줄 알았다. 그렇게 배웠기 때문이다. 꽤 많은 사람이 이렇게 살고 있을 것이다.

그런데 이상하다고 생각해본 적은 없는가? 나는 이런 인간관계가 언제나 이상하다고 느꼈다. '왜 남들은 나를 자신만의 방법으로 대하는데, 나만 모두에게 맞춰야 하지?' 라고 의문을 가졌다. 처음에는 내가 막내이기 때문에 그런 거라고 생각했다. 하지만 시간이 지나도 상황은 바뀌지 않았다.

인간관계를 잘 유지하려면 사람들에게 나를 고급브랜드라고 인식시켜야 한다. 우리는 유능한 노예가 되면 안 된다. 누구와 만나더라도 서로 대등한 '관계'를 만들어야 한다. 몇 일전에 친구D에게 전화가 걸려왔다. 그 친구는 "평소에 잘 지내던 친구가 있는데 갑자기 문자를 보고도 답장을 안 해!"라며 어떻게 해야 되는지 물었다.

나는 이상한 점을 느꼈다. 왜 친구가 연락을 안 받는 걸 자신이 걱정하는가? 상대가 연락이 안 될 경우는 대표적으로 세 가지 경우가 있다. 연락을 할 수 없거나 단순히 귀찮아서 안 받거나, 나에게 감정이 상한 경우다. 상대가 감정이 상해서 연락을 무시했거나 귀찮아서 무시했다면 D의 반응은 이래선 안 된다. 우선 자신의 감정이 상했다고 인정하고, 상대에게 솔직하게 인정하고 표현해야 한다. 안 그러면 다시 연락이 된다고 해도 이 둘은 계속 이런 관계로 지낼 것이다. 상대가 연락을 할 수 없는 상황일지라도 내가 걱정할 일은 아무것도 없다.

나는 D에게 "어떻게든 연락을 해서 기분이 나쁘다고 표현하는 게 최선이야. 안 그래?"라고 했다. D는 바로 수긍했고, 이 둘은 오해가 풀려서 잘 지낸다고 했다. D의 전화상담은 자기 확신이 없다는 근본적 문제가 숨어있다. 자신의 감정보다 상대방에게 어떻게 해줘야 할지를 먼저 생각했기 때문이다. 아무리 상대방에게 나를 맞춰도 한계가 있다. 내가 상대를 아는 것처럼, 상대도 나를 알 수 있어야 한다.

상대가 나를 알게 하려면 스스로 자신감을 가져야 한다. 인간관계란, 서로간의 신뢰를 바탕으로 감정을 주고받는 관계다. 한 쪽이 주기만하거나 받기만하면 관계는 무너진다. 나라는 사람은 고유한 존재다. 그저 나답게 행동한다면 같이 가고 싶은 사람은 주변에 모여든다. 우리도 어떤 사람이 마음에 들면 다가가지 않는가?

항상 지금 있는 관계를 유지시키려고 발악하기 때문에 인간관계가 힘들어지는 것이다. 그건 오히려 상대방을 무시하는 행동이다. 다른 사람들도 나름의 신념과 생각이 있기 때문에 나에게 접근하고 관계를 맺는다. 자신과 상대방을 믿어야 편안하고 정상적인 관계가 된다. 맞지 않는 사람과 억지로 붙어 있으려고 하면 힘들어진다.

자존감은 인간관계의 핵심이다. 나도 이걸 몰라서 많이 상처받으며 살았었다. 표현도 안 하면서 '왜 남들은 나를 이렇게 대하지?', '왜 나만 남들을 신경써주면서 사는 걸까?' 라고 고민했었다. 화나는 일도 많았고 슬픈 일도 많았다. 오해도 많이 주고받았었다. 결국 그런 경험 덕분에 이유를 찾을 수 있었지만, 진즉에 알았다면 훨씬 좋았을 것이다.

나는 회사에서도 인간관계 때문에 스트레스를 많이 받았었다. 이상한 사람이 많다고 생각했고, 정말 생소한 문화였다. 하지만 나는 오해를 하고 있었다. 일반적인 인간관계와 회사에서의 인간관계는 완전히 다르다. 아는 사람 중에서 "항상 큰 그림을 볼 수 있어야 돼."라고 조언해주시는 분이 있다. 우리는 입사하면서 세 가지에 동의한다. 첫 번째, 회사가 추구하는 가치관에 동의했다. 두 번째, 회사의 모든 제도에 동의했다. 세 번째, 회사의 채용방식과 기준에 동의했다.

우리는 사적으로 사람을 만날 때, 각자 암묵적인 동의를 하고 만난다. '너와 나는 성격이 잘 맞는 것 같아. 앞으로 감정과 일상을 공유하면 좋겠어!' 라는 의미가 있다. 하지만 회사에서 만나는 사람들은 중개인이 엮어준 사이와 비유할 수 있다. 회사의 관점에서 팀을 이루고 사람을 채용한다. 서로 성격이 맞을 수도 있고 안 맞을 수도 있다. 마음에 안 드는 사람이 반드시 있는 건 어쩔 수 없는 일이다.

그렇다고 해서 평생 참으면서 살 수는 없다. 어딜 가도 필연적이라면 방법을 생각해야 한다. 나는 '거리두기'를 방법으로 삼았다. '나는 할 수 있어!' 라고 외치며 안 맞는 사람에게 다가가는 건 자살행위다. 굳이 위험한 길로 갈 필요는 없다. 눈치가 조금 보이더라도, 접촉을 피하는 게 최고다. 이걸 자존심과 연결 짓지는 말자. 멀리 보는 습관을 들여야 한다. 당장 있을 조금씩의 손해보다 앞으로의 큰 손해들을 볼 수 있어야 한다.

우리가 어떤 단체에 소속돼있는 이유는 모든 사람과 친해지기 위해서가 아니다. 회사가 추구하는 비전과 자신의 가치관이 통했기 때문에 근무를 하는 것이다. 일을 함에 있어서 불필요한 마찰을 피하는 건 회사도 원하는 일이고, 대단히 지혜로운 행동이다. 그러니 우선순위를 정해서 좋은 판단을 하자.

인간관계는 정으로만 할 수 있는 게 아니다. 철저한 기초가 깔려있어야 그 위에서 감정을 공유할 수 있다. 또한 좋은 관계를 유지하거나 발전시킬 수도 있다. 우리는 이미 친해졌지만 나와 맞지 않는 사람과는 멀어질 줄도 알아야 한다. 그렇지 않으면 언젠가 폭발하게 된다. 모든 사람과 친해질 수 있다는 발상은 버려라. 서로의 고유성을 인정하지 않는 자세이기 때문이다.

모든 이에겐 살아오면서 형성된 개성과 성격이 있다. 한 사람은 모두와 친해질 수 없고, 모든 사람들은 나와 친해질 필요가 없다. 나와 맞는 사람과 잘 지내는 것도 능력이다. 상대와 불화가 생겼다면 '서로를 제대로 신뢰하고 있는가?', '어떤 것들을 상대와 공유하는가?'라는 질문을 스스로 해보자. 앞으로의 행동에 도움이 될 것이다.

인간관계는 결코 간단해질 수 없다. 하지만 불필요한 갈등과 어려움은 피할 수 있다는 게 나의 의견이다. 사람은 혼자서 뭔가 이룰 수는 없다. 그래서 인간관계는 필수이기 때문에 제대로 알고 가야 한다. 그래야 평생 서로를 도울 수 있는 진정한 관계를 시작할 수 있기 때문이다.

타인의 눈치를
보는 데는 이유가 있다

나는 신입사원 때 대기업에 다니면서도 지
각을 했었다. 일찍 출근하겠다는 마음과는 다르게 항상 눈이 늦게 떠
졌다. 회식을 하고 늦게 들어가는 날마다 지각하기 싫어서 밤을 새려
고 했었다. 하지만 잠들어버리는 일이 더 많았다. 급하게 울리는 전화
벨 소리에 잠이 깬다. 휴대폰을 보고, 지각 확정인 출근 시간에 한숨
을 쉰다. 씻지도 못 하고 옷을 갈아입는 순간들이 아직도 눈에 선하
다. 하지만 처음부터 지각을 많이 했던 건 아니다.

부서에 배치 받고서 한 달 정도 지났던 시기다. 한창 배우던 시기
에 처음으로 지각한 날을 아직도 기억한다. 눈치를 보면서 사무실에
들어간다. 잘못을 했으니 쓴 소리를 듣는 건 상관없었지만 스스로 납
득할 수 없었다. 일하는 내내 착잡했다. 열심히 해보자고 다짐한 순간

들이 무색했다.

게다가 그 날은 내가 속한 분임조에 회식이 있는 날이었다. 회식자리에서 도저히 상사의 얼굴을 볼 낯이 없었다. 신입사원이 지각이라니, 내가 생각해도 어이가 없었다. 부지런하게 근무해온 상사들이 어떻게 생각할지 훤했다. 몸이 잔뜩 움츠려졌다. 그러면서 분위기를 살피며 앉아있었다. 회식 도중 한 번 쯤 도마에 오를 것이라고 생각했기 때문이다. 그러나 아무도 나를 언급하지 않았고 불안한 마음은 더 커졌다.

당시에는 모든 사람이 나를 부정적으로 볼 것이라고 생각했다. 하지만 나중에 알았다. 오히려 나보다 오래 근무했었기 때문에 부서원들은 나를 이해하고 있었다. 교대근무에 회식까지 하는데 피곤하지 않은 사람은 없던 것이다. 결코 지각이 옳은 행동은 아니지만 괜히 나 혼자 풀죽어 있었다는 걸 알았다.

나는 이 날 하루 종일 눈치를 봤다. 누가 말을 걸어도 조심스레 대답했고 일을 시켜도 최대한 조용히 처리했다. 죄책감 때문이었다. 문제는 이 날만 이런 것이 아니다. 사소한 실수라도 발생하면 똑같이 행동했다. 그런데 지인들과 대화를 하면서 나만 눈치를 보는 게 아니라는 걸 알았다. 내가 과했을지도 모르지만 많은 사람들이 사회생활에서 당연하게 눈치를 본다. 그 방식에 차이가 있을 뿐, 생각은 다 비슷하다. 우리는 눈치 안 보고는 못 사는 걸까?

근본적으로 눈치를 보는 건 상대를 배려하는 행위다. 많은 사람과 같이 생활하는 사회에서는 나의 입장을 어느 정도 상대에 맞출 필요가 있다. 친구들이랑 있어도 최소한의 눈치가 필요하듯이 말이다. 특히 나보다 많은 권한을 가지고 있는 상사한테는 더 많이 맞춰야 한다. 즉, 눈치를 보는 것 자체는 문제가 아니다. 근본적인 문제는 따로 있다.

우리는 눈치를 보면서 나 자신을 무시한다. 상대의 생각과 기분을 존중해주는 것은 좋다. 그런데 그 과정에서 우선순위가 바뀌는 것이 진짜 문제다. 자신이 피해를 받지 않기 위해서 눈치를 보는 것인데, 억지로 이타주의를 강조하는 것처럼 되었다. 우리는 남의 기분을 맞춰주기 위해서 태어나지 않았다.

많은 사회인들이 타인이나 속해 있는 조직을 위해서 억지로 눈치를 본다. 그러다보니 자신에 대한 확신이 사라진다. 내가 지각했을 때도 나에 대한 확신이 있었다면 이야기는 달라진다. 지각한 것에 대해 잘못을 인정하고 해결책을 찾았을 것이다. 그리고 다른 일을 잘 해낼 자신이 있기 때문에 곧바로 좋은 컨디션을 회복했을 것이다.

사회성과 눈치는 다른 개념이다. 많은 사람들이 상사의 비위를 잘 맞추는 사람이 사회성이 좋다고 생각한다. 이런 사람들을 눈치가 좋다고 말한다. 그런데 시대가 바뀌었다. 더 이상 내세울 것도 없이 눈치만 살피는 사람은 언젠가 도태된다. 만약에 자신이 사장이라면, 내가 하는 일에 확신이 없는 사람을 뽑을지 한 번 생각해보자. 항상 걸림돌이 되는 것은 눈치를 강조하는 사회가 아니라 스스로 확신이 없는 태도다.

　나는 성인이 돼서도 스스로 확신이 없었다. 확신을 가질 필요성도 느끼지 못 했고, 방법도 몰랐다. 대부분의 사회인들이 나와 비슷할 것이라고 생각한다. 주변에서는 공기업이나 대기업에 들어가는 게 최고라고 한다. 10년 후에 동창회가 열렸을 때, 좋은 자동차 키를 보여주는 장면을 꿈꾼다. 모두 이런 생활을 누리고 싶을 것이다. 그래서 회사에서는 무슨 짓을 하더라도 오래 붙어 있는 게 최고라는 분위기다. 그러니 줄을 잘 서서 상사의 비위를 맞추는 게 최선의 방법이라고 할 만하다.

　이제는 자신의 개성이나 특기가 없으면 도태되는 세상이 왔다. 높은 스펙을 쌓아도 그런 사람은 많이 있다. 취업률이 저조한 것만 봐도 알 수 있다. 아무리 수준 높은 자격증을 따도 많은 사람이 가지고 있다. 취업에 성공해도 내 특기가 뭔지 모르기 때문에 나처럼 눈치를 보고 사는 수밖에 없다. 그렇다면 나에 대한 확신을 가지려면 어떻게 해야 할까? 우선 나를 들여다보는 습관을 들여야 한다.

더 이상 눈치만 보고 살기 싫다면 자신에게 질문해야 한다. '나는 뭘 했을 때 가장 즐겁지?', '나는 어떤 것을 가장 잘 하지?', '뭔가 성취했던 경험은 언제였지?', '나는 어떤 걸 하고 싶지?' 라는 질문들이다. 거창하게 생각하지 않고, 취미로 답을 해도 괜찮다. 그것이 바로 나의 개성이기 때문이다.

나는 평소에 책 읽는 사람이 그렇게도 멋있어 보였다. 하지만 읽어본 책이라곤 위인전 시리즈와 친척누나가 선물해준 다섯 권의 책뿐이었다. 그럼에도 책 읽기를 시작했고, 책에 있는 내용을 실천하며 나의 장점을 크게 만들었다. 결국 책 읽기를 실천한 덕분에 나는 지금 책을 쓰고 있는 자기계발 작가가 되었다. 자신이 진심으로 바라는 일을 따라가다 보면 결국 긍정적 결과가 기다린다.

자신에게 확신을 가지려면 먼저 관심이 있어야 한다. 현대인들은 삶이 바쁘다고 하면서 자신에게 관심가지는 걸 어색하다고 느낀다. 하지만 정작 남는 시간에는 휴대폰 게임을 하거나 TV를 시청한다. 이런 행위가 잘못이라는 건 아니다. 남는 시간에 뭘 할지 모른다는 게 문제다. 가끔 시간이 남을 때, 즐겁게 할 수 있는 활동을 만들어야 한다. 평소 관심 있던 영어공부에 도전을 해도 되고 정 모르겠다면 독서부터 시작해도 좋다. 책은 언제나 이익을 가져다주기 때문이다.

이런 경험은 직장에 다니면서도 뭔가 해냈다는 성취감을 준다. 혹은 재미없었던 삶에 활력을 불어넣어 주면서 자신감을 심어준다. 우리는 직장에 다니면서 많이 쉬고 싶은 게 가장 강한 욕구라고 생각한다. 하지만 사실은 하고 싶은 일을 찾지 못 한 것이다. 하고 싶은 일을 찾았다고 해서 직장을 그만두는 것도 아니다. 오히려 직장 내에서 더 많은 기회와 관심을 얻을 수 있다.

스스로 장점이 뭔지 알고, 관심의 방향을 아는 사람은 결코 눈치만 보면서 살지 않는다. 물론 사회생활을 하면 상사와 동료, 심지어 후배의 눈치를 보는 순간이 계속 생긴다. 그러나 필요할 때 눈치를 보는 사람과 온 종일 눈치만 보는 사람은 결과에서 차이가 난다. 눈치를 잘 보는 사람은 사람들의 소소한 기분과 비위는 더 잘 맞출지도 모른다. 하지만 결국 인정받는 사람은 내가 어떤 사람인지 아는 사람이다.

전 세계를 뒤져봐도 한 명밖에 없는 사람이 돼야 한다. 그냥 우수한 사람이 되면 무조건 더 우수한 사람이 나타나기 마련이다. 그럼 또 경쟁에서 밀리지 않기 위해 유일한 능력인 눈치로 승부하는 삶이 시작된다.

타인의 눈치를 보면서 사는 사람은 다 이유가 있다. 그건 성격이 아니기 때문에 지금부터라도 바꿀 수 있다. 스펙 등의 객관적인 실력을 쌓는 것도 중요하다. 하지만 나답게 사는 것보다는 중요하지 않다. 나도 눈치만 보면서 살았다. 그래서 눈치 보는 삶이 얼마나 괴로운 일인지 알고 있다. 그러니 지금부터라도 자신에게 질문을 던지고 유일한 삶을 살기 위해 노력하자.

문제는
자존감이었다

친구 E가 장래에 관한 문제로 상담을 요청했던 적이 있다. E는 "사실은 예전부터 가수가 되고 싶었는데 애써 무시하고 상담가가 되려고 했어."라고 했다. 처음 듣는 말이라서 처음엔 놀랐지만 나도 비슷한 고민을 겪었기 때문에 곧 심정을 이해했다. 그래서 안 하고 후회하는 것보다는 도전하는 게 좋을 것이라고 말해줬다. 실제로 해보지도 않고 포기하면 후회만 남지만 도전하는 사람은 항상 많은 걸 얻을 수 있기 때문이다.

E는 그 때서야 진짜 고민을 말했다. "사실은 부모님이랑 몇 사람한테 말해봤는데, 나보다 잘생기고, 멋있고, 노래 잘 하는 사람이 얼마나 많은데 가수가 될 수 있겠냐고 했어."라고 털어놓았다. 그래서 나는 필요한 말만 해줬다. "이 세상에 잘 생기고 노래 잘 하는 사람이 다

데뷔하는 거 아니니까 힘내. 그리고 이 세상에 너는 하나밖에 없어. 그걸로 충분한 거 아니야?"라고 했다. 이 말을 들은 친구는 고맙다고 했다.

지금 E는 가수가 되기 위해서 학원에 다니며 준비 중이다. '나보다 잘난 사람이 많다.'라는 생각은 많은 사람이 하는 착각 중에 하나다. 만약에 E가 계속 남들과 자신을 저울질하고 있었다면 그나마 빨리 시작할 기회조차 잡지 못했을 것이다. 그리고 점점 의지가 약해져서 결국 포기했을 거라고 생각한다.

남들과 자신을 비교하는 것만큼 어리석은 일도 없다. 인터넷에서 이런 비유를 본 적이 있다. 어느 날, 동물들끼리 우월함을 가리기 위해서 시합을 했다. 그래서 코끼리, 원숭이, 물고기 등의 동물들이 나무타기를 해서 우월함을 가렸다는 이야기다. 나무를 타면서 생활하는 건 원숭이밖에 없기 때문에 전혀 우월함의 기준이 될 수 없는 시합이다.

우리가 코끼리를 볼 때, 정말 거대하고 힘이 세다고 생각한다. 원숭이를 볼 때는 똑똑하고 재주가 많다고 생각한다. 물고기를 볼 때면 헤엄을 잘 치고 자유분방하다고 생각한다. 하지만 이들이 서로를 비교했을 때는 아무도 잘난 동물은 없다. 물고기는 거대해질 수 없는데다가 나무도 탈 수 없다. 코끼리도 마찬가지다. 원숭이도 힘이 세지거나 헤엄을 물고기처럼 칠 수 없다.

이 말을 들었을 때는 단순하게 특기에 관한 말이라고 생각하기 쉽다. 하지만 이 말은 개인의 본질적인 가치에 대해 얘기하고 있다. 똑같은 존재가 태어나서 재능을 부여받는 게 아니다. 우리는 각자 다른 사람들이다. 그래서 비교하는 것에 의미가 없다. 이런 사실을 알아도 끊임없이 비교를 하는 건 자존감 때문이다. 스스로 자신이 없기 때문에 계속 기준을 다른 사람에게 맞춘다. 어떤 재능을 가진 사람도 남과 비교하면 초라해진다는 걸 알아야 한다.

나도 회사에 다닐 때는 끊임없이 남들과 나를 비교했다. 나보다 먼저 출근하는 사람, 나보다 기억력이 좋은 사람, 나보다 컴퓨터를 잘 다루는 사람, 나보다 사회생활을 능동적으로 하는 사람 등이었다. 비교하는 사람은 점점 많아졌다. 내 동기들도 그 대상이었는데, 그럴수록 나는 초라해졌다.

비교하는 걸 멈추게 한 계기가 하나 있었다. 친구들끼리 인성교육 프로그램에 참가한 적이 있다. 프로그램 중에는 카드 게임이 있었다. 게임의 방식은 뒤집어진 카드를 뽑고 나서 카드에 쓰여 있는 단어가 어울리는 사람에게 주는 방식이다. 카드에는 사람의 기질이나 특기를 상징하는 단어가 쓰여 있었다. 나는 그 때 스스로를 '책 읽으면서 열심히 사는 사람' 정도로만 생각했었다. 그런데 나에게 오는 카드들이 예상 밖이었다.

　친구들이 나에게 준 카드들에는 '분석', '통찰', '논리적' 등의 단어가 있었다. 하지만 나는 전혀 공감하지 못했다. '내가 책을 읽으니까 그냥 줬나보네.'라고만 생각했다. 그런데 이후에 나의 행동들이 친구들이 준 카드에 거짓이 없음을 알려줬다. 나는 확실히 남들보다 분석하는 걸 좋아했다. 분석에는 논리적인 사고와 통찰력이 필수였다. 똑같은 영화를 봐도 그냥 좋고 싫음으로 끝내지 않았다. 이 영화가 다른 사람들에게는 어떻게 느껴질지, 그 이유와 근거를 찾는 걸 좋아했다. 나는 무의식적으로 하는 행동들이었지만 친구들은 이런 일들을 기억한 것이다. 내가 친구들의 강점을 알고 있는 것처럼, 친구들이나 지인들도 나의 강점을 알고 있었다.

　나는 이 일을 계기로 나의 강점에 대한 자존감이 생겼다. 물론 세상에는 나보다 분석을 잘 하는 사람도 많고 더 전문적인 사람도 많다. 통찰이나 논리적인 면도 마찬가지다. 하지만 이 세상 모든 논리적인 사람들이 나를 견제하지는 않는다. 사람마다 목표가 다르다. 그래서 같은 재능을 가지고 있어도 그 재능으로 뭘 할지가 더 중요하다. 내가 강점을 가지고 있다는 사실이 중요하고, 앞으로 발전시킬지의 여부를 생각해야한다. 다른 사람들을 기준으로 맞추다 보면 정작 자신은 아무것도 못 하고 시간만 지난다.

다른 사람들과의 비교는 아무 의미도 없고, 자존감을 떨어뜨리는 지름길이다. 세상은 어떤 분야에서 최고의 사람을 원하는 게 아니다. 실력이 좋은 사람들은 우리의 생각대로 지천에 깔려있기 때문이다. 세상은 우리 자체를 원한다. 왜냐하면 우리는 이전에 없었고, 앞으로도 없을 독보적인 존재이기 때문이다.

자존감이 부족해서 남들과 비교하고, 결과적으로 다시 자존감이 떨어진다. 이 악순환을 끊기 위해서는 서로에 대한 인정이 필수다. 자꾸 자신과 비교되는 상대의 장점을 그대로 인정해줘야 한다. 그리고 현재 나의 위치를 제대로 인지해야 한다. 나의 현재 위치가 낮을지도 모르지만 내가 어디에 있는지 모르면 앞으로 나갈 수도 없다. 내가 어떤 사람인지도 모른 채로 상대보다 앞서가고 싶기 때문에 일이 틀어지는 것이다.

인생에서 진짜 중요한 질문은 '저 사람과 나는 얼마나 차이가 나지?'가 아니다. '나는 뭘 하고 싶지?', '내 강점이 뭐지?'다. 자신이 하고 싶은 걸 제대로 설정하고, 강점을 활용해서 달성하는 게 가장 좋은 삶이다. 자존감이 낮으면 상대가 나보다 낫다는 걸 인정하지 못한다. 또, 자신의 강점도 인정하려 들지 않는다. 이도저도 아닌 상태에 갇혀버려서 우울한 나날만 보낼 뿐이다.

나의 문제는 언제나 자존감이었다. 나에 대한 자부심이 없어서 기준을 남에게 옮기려고 했고 끊임없이 자신에게 실망했다. 우리는 특정한 계기가 없으면 평생 비교의 늪에서 빠져나오지 못한다. 비교할 사람이 무려 70억 명이나 있기 때문이다. 때로는 자신보다 한참 어린 사람이 나보다 나을 때도 있다. 하지만 모두 의미 없는 행동이다. 나보다 뛰어난 사람이 있다고 해도 그 사람은 결코 내가 될 수 없다. 또, 내가 아무리 따라잡으려고 해도 우리는 다른 사람이 될 수 없다.

처음에는 다른 사람들을 이겨보려고 노력했었다. 더 독하게 노력했고 더 많은 열정을 불살랐다. 그런데 아무리 노력해도 불가능한 일이었다. 그건 내 노력이 부족해서도 아니고 둘 사이에 차이가 극심했기 때문도 아니다. 그냥 다른 사람이기 때문에 따라할 수 없던 것이다. 물론 나의 장점을 효율적으로 사용하기 위해서 모방을 하거나 응용을 하는 건 괜찮다. 먼저 간 사람은 나보다 많은 숙련도가 있는 게 사실이기 때문이다. 문제는 상대를 이기거나 따라잡으려고 하는 마음이다. 상대를 중심으로 나를 평가하면 인생이 힘들어진다. 좀 더 나를 믿어도 된다. 우리는 생각보다 훌륭한 사람들이다.

비교에는 답이 없다. 자존감만 떨어뜨릴 뿐, 어떤 발전도 되지 않기 때문이다. 상대와 나는 애초에 다른 사람이다. 삶의 목적도 다르고 성격도 다르다. 그러니 삶의 기준을 남에서 나에게 옮겨오자. 그리고 앞으로 뭘 하고 싶은지에만 집중하라. 우리는 모두 생각보다 멋진 사람이다. 자존감을 넘어서 자신감을 가지고 살아도 되지 않을까?

PART

02

———

나답게 사는 것은
더 이상 사치가 아니다

내일이 기대되는 삶을
살아야 한다. 만약에 기대되지 않는다면
침대에 눕기 전에 '난 내일 뭐가 하고 싶지?' 라고
스스로에게 물어보자. 그 질문들이 모여서
행동으로 변할 때, 비로소 나다운 삶을
살 수 있게 되기 때문이다.

나는 왜 나답게
살지 못 할까?

나는 평범하게 살기 위해 노력했었다. 넉넉하지 못했던 집안형편으로 인해서 어렸을 때부터 남들에게 당연한 것들을 못 하며 살았기 때문이다. 고등학교 3학년 때는 학교에서 제주도로 졸업여행을 간다고 했지만 돈이 없어서 가지 못 했다. 졸업 시즌에는 남들이 다 운전면허를 따려고 학원을 다녔지만 역시나 돈이 없어서 도전하지 못 했다.

남들이 입는 옷, 먹는 음식, 문화 등을 성인이 될 때까지 경험해보지 못 했다. 그러다가 회사에서 일을 시작했다. 대기업이었기 때문에 월급은 적지 않았다. 나는 이 돈의 절반을 부모님께 드렸고 일부는 저축했다. 그리고 남은 돈은 거의 부모님과 내가 '평범하게' 살기 위해서 지출했다. 내가 사고 싶은 것보다 남들이 가지고 있는 걸 먼저 장만했다. 무슨 놈의 평범함이 그렇게 힘든지 남들과 내 격차가 따라잡히질 않았다. '남들은 이것도 있던데,', '남들은 이런 것도 하던데.' 라는 생각이 머릿속에서 떠나질 않았다. 정말 평범하게 사는 건 어려운 일이었을까?

나는 나의 삶이 아니라 남의 삶을 살기 위해서 노력했다. 남들이 사는 것이라면 뭐든지 따라서 구매하는 정도는 아니었다. 하지만 남들만큼 살고 싶다는 마음이 극에 달해있었다. 워낙 어렸을 때부터 돈 때문에 고생했었다. 돈 때문엔 준비물을 사가지 못 하는 일도 있었으니 한이 맺힐 만하지 않은가? 그러나 사정이 어떻든 남과 똑같아지려고 노력하는 건 옳은 방향이 아니었다.

주변에 있는 사람과 비슷해지려고 노력하는 건 의미 없는 행동이다. 아무리 노력을 해도 서로 다른 사람이 같아지지는 않는다. 우리가 남과 똑같아지려는 이유는 시야가 좁기 때문이다. 세상에는 목표로 삼을 사람이 많다. 하지만 눈에는 주변사람만 보이기 때문에 근처에 있는 타인을 모방하고 싶은 것이다.

좁은 시야를 키우기 위해서는 독서가 가장 효과적이다. 우리는 큰 부자 또는 명사와 쉽게 만날 수 없고 그들과 같이 식사하기도 힘들다. 서로 마주칠 기회조차 흔하지 않다. 그래서 그들의 삶을 체험할 기회가 없고, 위대한 사람들의 생각을 알 기회가 없다. 하지만 책에는 위대한 업적을 가진 사람들이 어떻게 성장했는지 자세히 나온다. 무슨 생각을 하면서 자랐고 지금은 어떤 일을 진행하는지도 친절하게 쓰여 있다.

읽다보면 그들도 별반 다르지 않다는 걸 알 수 있다. 오히려 나보다 좋지 않은 환경에서 자신만의 길을 개척한 사람들이다. 이런 사람들이 지금의 성과를 얻은 스토리를 알고 나면 생각이 바뀐다. 지금 당장 나만의 길을 찾아야 한다는 필요성을 느낄 수 있다. 주변에 있는 사람들은 각자의 길을 갈 뿐이다. 절대 같아지려고 노력할 필요가 없다.

우리는 평범함 다음 단계가 비범함이라고 알고 있지만 그렇지 않다. 비범한 사람은 처음부터 나답게 시작하기 때문에 비범해진 것이다. 시야가 넓어지면 평범해지고 싶다는 욕망 자체가 없어진다. 평범함이라는 게 얼마나 어리석은 상태인지 깨닫기 때문이다. 사실은 누구나 비범하게 인생을 살다가 위대한 업적을 남기고 싶어 한다. 그러나 이런 욕망으로 인해서 사람들로부터 소외당할까봐 숨긴다. 이대로라면 절대 평범함이라는 악순환에서 벗어날 수 없다.

천재의 상징인 알버트 아인슈타인의 일화가 있다. 기자가 아인슈타인과 인터뷰를 하러 실험실로 찾아왔다. 다양한 이야기를 하면서 인터뷰를 진행했고, 사진 촬영으로 인터뷰를 마쳤다. 그리고 기자는 궁금한 점이 생기거나 할 말이 생기면 집으로 전화를 해야겠다고 생각했다. 실험실을 나서며 아인슈타인의 집 전화번호를 물었다.

그 때 아인슈타인이 수첩을 뒤적였다고 한다. 기자가 깜짝 놀라서 "선생님, 지금 댁 전화번호를 모르셔서 수첩을 뒤적이는 건 아니시죠?"라고 물었다. 이에 아인슈타인은 태연하게 수첩에서 찾을 수 있는 걸 굳이 기억할 필요가 없다고 답했다. 대부분은 천재라고 하면 기억력이 좋고 계산이 빠른 사람을 떠올린다. 하지만 아인슈타인은 그런 통념에 굴하지 않고 자신만의 방법으로 삶을 살았던 것이다.

이 이야기를 들으면 '아인슈타인처럼 똑똑하면 무슨 짓을 해도 칭찬받을 걸?'이라고 생각하는 사람이 많다. 하지만 장담컨대 아인슈타인은 자신만의 방식대로 살았기 때문에 기적적인 성과를 거둘 수 있던 것이다. 만약에 그가 평범함을 먼저 달성하기 위해서 암기 따위에 열정을 쏟았다면, 아인슈타인은 지금의 명성을 얻지 못 했을 거라고 생각한다.

이미 눈치를 챘을지도 모르지만, 여기서 말하는 비범함이 바로 '나다움'이다. 세상의 모든 나다운 사람들은 비범한 사람들이다. 세상에 자신은 딱 한 명밖에 없고, 역사를 통틀어도 없던 사람이기 때문에 나답게 산다는 건 유일무이한 방법으로 산다는 뜻이다. 나답게 사는 방식을 '특이하다', '독특하다', '희한하다'라고 착각하기 때문에 모두 평범함에 머물러있는 것뿐이다.

평범해지기 위해서 노력하는 사람들은 유행을 따라가기도 벅차다. 그 유행을 뛰어넘어야 특별해질 수 있는 줄 알겠지만 사실은 그렇지 않다. 잠깐의 관심은 받을 수 있더라도 세상 모두가 아는 방식으로 사는 사람에게는 존재감이 없다. 그 사람을 대체할 사람이 가득하기 때문이다.

책을 읽으며 평범함이 목표인 삶이 얼마나 도태된 삶인지 깨달았다. 실제로 세상을 주도하고 있는 건 나답게 사는 사람들이었다. 그동안 내가 얼마나 많은 기회를 놓치고 있었는지도 느낄 수 있었다. 사람은 누구나 자신만의 개성을 가지고 있지만 시간이 지날수록 평범함이 위에 쌓이기 때문에 화석처럼 발굴하기가 어려워진다.

나는 책을 읽고 나답게 살기로 했다. 책에서 다양한 사람들의 인생을 보면서 나만의 삶을 퍼즐조각처럼 맞춰갔다. 얼핏 보면 남을 따라하는 것과 별반 다르지 않다고 느껴지지만 근본적인 차이가 있다. 평범해지려고 남을 따라하는 건 이유와 근거가 없다. 하지만 나다운 삶을 위해서 벤치마킹 하는 건 인생을 근사하게 살고 싶다는 근본적인 욕망에서 비롯된다.

이제는 평범한 사람은 도저히 살 수 없는 시대가 됐다. 같은 직장에 있더라도 자신만의 강점이나 개성이 없으면 사람들이 기억해주지 않는다. 눈치 좀 잘보고 아부 좀 하는 것으로는 절대 살아남을 수 없다. 그런 구시대적인 발상을 가지고 있다면 지금 당장 버려라. 책을 읽고, 나답게 사는 사람이 모든 면에서 행복한 사람이라는 걸 눈으로 직접 확인하길 바란다.

나답게 사는 사람은
무엇이 다른가

회사를 다닐 때, 이런 이야기를 들은 적이 있다. 선배 중 한 분의 여자 친구 이야기다. 선배의 여자 친구는 옷 가게를 운영한다. 어느 날, 선배가 궁금증을 참지 못 하고 이렇게 물어봤다.

"옷 가게를 운영하면, 망할까봐 두렵지 않아?"

나도 항상 이런 점이 궁금했기 때문에 귀 기울여 듣고 있었다. 그런데 대답이 너무나 예상 밖이었다.

"아니? 전혀. 왜 망한다고 생각해?"

당시 나로서는 너무 충격적인 말이었다. 자신의 옷가게를 운영하는 입장에서, 대책이나 전략적인 대답을 기대하고 있었기 때문이다. 나는 스무 살 때도 계속 회사에 다니겠다고 생각하지 않았다. 그런데 어떤 사업이나 새로운 일을 시작하기에는 두려움이 앞섰다. '망하면 어떡하지?' 라는 생각이 늘 따라다녔다. 아마 대부분 나와 비슷한 생각을 가지고 있을 것이다. 그런 나에게 이 대답은 새로운 생각을 하는 출발점이 되었다.

선배의 여자 친구는 어떻게 이런 생각이 가능했을까? 답은 자신을 믿느냐의 여부다. 당시의 나는 수학 공식처럼 성공하는 인생의 답을 찾아다녔다. 조금이라도 위험이 있다면 피해 다녔다. 하지만 지금의 나는 그녀의 입장에 전적으로 동의한다. 스스로를 신뢰하는 삶을 살고 있기 때문이다. 그러나 스스로를 믿는 게 쉬운 일은 아니다. 사람인 이상 두려움은 항상 공존한다. 나도 특별한 계기를 겪기 전 까지는 두려움에 지배당하는 사람이었다.

어느 날, 회사에서 다 같이 영화를 보는 이벤트가 있었다. 교대근무였기 때문에 시간대가 맞는 근무자들만 모였다. 정해진 시간에 영화를 보고 각자 해산하는 일정이었다. 영화가 끝나고 집에 가려는데 가방이 없었다. 올 때는 다 같이 선배의 차를 타고 왔고, 갈 때는 각자의 행선지가 다르기 때문에 버스나 택시를 타야 한다. 그런데 나는 그날도 지각할 뻔했다. 아슬아슬하게 출근하느라 기숙사에 가방을 두고 왔다. 지갑이 가방 안에 들어있기 때문에 기숙사에 돌아갈 방법이 없어진 것이다.

혼자 우두커니 서서 방법을 생각했다. 최선의 방법은 선배나 상사한테 태워달라고 부탁하는 것이었다. 하지만 이 방법은 늦게 출근한 나로서는 염치없는 방법이었다. 이 방법을 제외하니, 걸어가는 선택지밖에 없었다. 휴대폰으로 지도를 봤다. 기숙사 방향만 확인한 뒤에 걸어가기 시작했다. 생각보다 먼 곳이었고, 생소한 길이었다. 그렇게 한참을 걷다보니 드디어 아는 길이 나왔다.

이 때, 갈림길이 내 앞에 등장했다. 한 쪽은 이전에 가봤던 길이기 때문에 확실한 길이었다. 다른 한 쪽은 한 번도 간 적이 없지만 내 생각에 더 빠른 길이었다. 나는 자연스럽게 가봤던 길로 발걸음을 내디뎠다. 그런데 이 갈림길이 머릿속에서 내 고민과 겹쳐졌다. 당시에 나는 퇴사를 할지 말지로 고민하고 있었기 때문이다.

가봤던 길은 누구나 확실하다고 말하는 대기업에서의 삶으로 비춰졌다. 다른 한 쪽 길은 실패할 위험이 있더라도 내가 원하는 삶을 사는 길로 보였다. 이 생각이 떠나질 않았고, 가봤던 길로 가던 내 발걸음이 점점 느려졌다. 분명히 이 길로 가면 나중에 후회하겠다는 확신이 생겼다. 그 즉시 몸을 반대로 돌려서 다른 한 쪽 길로 전력질주 했다. 누군가 이 광경을 봤다면 정신 나간 줄 알았을 것이다. 아직 도착도 안 했는데 기분은 날아갈 것 같았다. 회사에 있으면서 내 의지대로 행동한 최초의 일이었을 것이다. 공기가 상쾌했고, 머릿속이 맑아졌다.

하지만 처음 가보는 길은 생각처럼 무난하지 않았다. 갈수록 험한 길이 이어졌다. 담이 가로막고 있었고, 사람이 다니는 길이 아니라서 허리까지 오는 풀이 자라 있었다. 그래도 나는 망설임 없이 담을 넘었고 수풀을 헤쳐 갔다. 이렇게 도착한 기숙사 앞에서 나는 깨달을 수 있었다. '아, 내가 가는 길이 정답이구나.' 라고 말이다.

만약에 내가 평소에 갔던 길로 갔다면 아무 일도 안 일어났을 것이다. 여전히 퇴사를 고민하고 있을 수도 있다. 하지만 내가 원하는 방향으로 행동했기 때문에 깨달음을 얻었고, 퇴사를 하는 결단까지 이어졌다. 나답게 행동하는 과정에서는 여러 가지 장애물이 있었다. 도중에 '다시 돌아가야 하나?' 라는 고민도 했다. 그러나 아무리 생각해도 그건 내가 원하는 선택이 아니라고 느껴졌다. 돌아갈 길을 막고 '배수진(背水陣, 죽을 각오로 어떤 일에 임하는 자세)' 으로 나를 몰아세우자, 방법이야 얼마든지 있었다.

결국 나는 앞을 막아선 담이 무서운 게 아니었다. '만약 장애물이 앞을 막고 있을 때 내가 넘을 수 있을까?' 하는 두려움이 진짜 문제였다. 퇴사를 결정하지 못하고 고민만 했던 것도 나를 신뢰하지 못하는 태도에서 비롯되었다. 앞으로 나를 막아설 위기를 헤쳐 나갈 자신이 없기 때문이었다. 나를 포함한 대부분의 사람이 그렇다. 사실은 험난한 사회와 세상이 두려운 것이 아니다. '작은 위기에도 무너지지는 않을까.' 하는 스스로에 대한 불신 때문에 떨고 있는 것이다.

우리는 일상 속에서 어떻게 살아야 후회가 없을까? 사람들은 언제나 한숨을 쉬며 인내하는 것에 익숙하다. 상황을 받아들이는 것에 길들여져 있다. 이 패턴을 벗어나는 도구는 '질문'이다. 나는 독서를 하면서 지금의 삶이 나답지 않다는 것을 인지했었다. 그리고 독서가 주는 혜택 중에는 스스로에게 던지는 질문이 있다. 대부분은 휘둘리는 패턴에 익숙하기 때문에 삶에 의문을 제기하지 못한다.

나는 어떤 일을 시작할까 고민할 때 스스로에게 큰소리로 묻는다. "야, 잠깐만. 너 이거 하고 싶은 거 확실해?", "왜 하고 싶은데? 안 하면 안 돼? 굳이 해야 돼?"라고 물어본다. 그러면 나는 자신에게 적극적으로 해야만 하는 이유를 어필하기 시작한다. 그 과정에서 확실한 근거와 자신감을 얻는다.

반대의 경우도 마찬가지다. 어떤 일이 마음에 들지 않으면 즉시 질문한다. "잠깐만, 너 이대로 가만히 있을 거야?", "그래서 진짜 내가 원하는 게 뭔데? 답답하게 하지 말고 말 좀 해봐!"라고 다그친다. 그러면 그 때, 내 진심을 알게 된다. 그리고 후회하지 않을 선택을 하게 된다.

굳이 위와 같은 질문이 아니더라도 나는 일상에서 스스로에게 질문을 자주 한다. 질문들은 남들이 만들어 놓은 상황에 따라가지 않게

71

제재하는 역할을 한다. 또, 내가 뭘 하고 싶은지 정확히 인지하게 해 준다. 남의 의도대로 살면 마음속에 응어리 같은 게 걸리적거려서 살 수가 없다. 뭔가 답답하고 화가 난다. 이 감정을 놓치지 않아야 한다.

나답게 사는 사람은 기본적으로 스스로에게 솔직하다. 이 점이 보통 사람들과 다른 부분이다. 사회생활을 하다보면 자연스럽게 감정을 죽이는 게 최선이라고 배운다. 실제로 이건 맞을 수도 있다. 그런데 이게 습관이 되는 걸 조심해야 한다. 회사에서 죽였던 감정을 되돌아볼 수도 있어야 하고, 스스로와 대화하며 풀 수도 있어야 한다. 실체를 알아야 방법도 나오기 때문이다.

나답게 살지 못 하면 후회가 많이 남는다. '왜 그 때 행동하지 않았을까', '왜 내가 참았을까' 같은 것들이다. 후회는 자신의 판단력이 모자라거나 능력이 부족해서 하는 게 아니다. 오로지 나답게 살지 못 했기 때문에 후회를 하는 것이다. 아무리 이상한 선택이라도 당시에 자신이 할 수 있었던 최선의 선택을 한다면 후회하지 않는다.

자신에게 질문을 해서 스스로의 생각을 알아야 한다. 자신의 생각들이 모여야 행동을 할 수 있는 집념도 나오기 때문이다. 그리고 행동하는 경험들이 모였을 때 자신에 대한 신뢰가 생긴다. '나 스스로도 할 수 있구나.' 하는 자신감이 쌓인다. 내일이 기대되는 삶을 살아야 한다. 만약에 기대되지 않는다면 침대에 눕기 전에 '난 내일 뭐가 하고 싶지? 라고 스스로에게 물어보자. 그 질문들이 모여서 행동으로 변할 때, 비로소 나다운 삶을 살 수 있게 되기 때문이다.

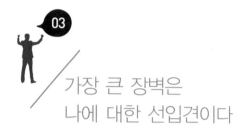

가장 큰 장벽은
나에 대한 선입견이다

나는 차마 내 입으로 말하지 못할 콤플렉스가 있었다. 바로 큰 키에 비해서 어깨가 좁은, 일명 '어좁이' 콤플렉스였다. 키가 186 센티미터인데 옷은 95사이즈를 입어도 넉넉했다. 거울을 볼 때마다 너무 싫었다. 그래서 나는 겨울을 좋아했다. 옷을 두껍게 입으면 그나마 가릴 수 있기 때문이다. 어깨가 넓은 사람들을 보면 굉장히 부러웠다. '나도 골격만 좋았다면 운동도 했을 텐데.' 라며 불평만 하는 일상 이었다.

몸을 가꾸기 위해 운동을 하지도 않았다. 헬스 트레이닝을 싫어했기 때문이다. 열심히 운동해서 몸을 만들어도, 안 하면 다시 줄어든다는 점이 두려웠다. 시간과 노력이 증발할 수도 있는 건데 왜 하는지 이해가 안 갔다. 그런데 어느 날 '해보지도 않고 불평, 불만만 갖는 건 너무 비겁하지 않나?' 라는 생각이 들었다. 그때부터 아는 친구의 도움을 받아서 운동을 시작했다.

3개월이 지나자, 몸은 변했다. 지금은 105에서 110사이즈의 옷을 입는다. 전에 입던 옷들은 작아져서 입지 못 할 정도가 됐다. 예전에는 그렇게 싫던 내 몸이, 이제는 가장 큰 자랑거리 중 하나가 됐다. 내 몸을 '어좁이' 에 머물러있게 한 건 '난 골격이 안 좋아' 라는 선입견이었다.

나는 20여 년 동안 내 생각에 갇혀있었다. 어깨가 좁은 몸은 나에겐 너무 당연한 사실이었다. 그래서 내 생각이 선입견인 줄도 몰랐다. 하지만 선입견을 극복하자, 많은 시너지 효과가 줄지어 따라왔다. 몸을 키운 덕분에 식사습관도 규칙적으로 변했고 자신감도 몇 배로 올랐다. 이 경험 덕분에 나는 가끔 당연한 것에 질문을 던진다. 이제는 절대로 좁은 생각에 갇히기 싫기 때문이다.

사실 가장 까다로운 것이 스스로 만든 선입견이다. 자신이 만들었기 때문에 알아채기가 쉽지 않다. 너무 당연한 사실로 자리 잡고 있어서 관점을 바꾸기가 어렵다. 이를 그대로 방치하면 자존감, 자신감 등이 천천히 갉아 먹히기 때문에 빨리 찾아서 없애야 한다.

내 친구A는 외모와 목소리라는 선입견에 갇혀있다. A는 자신의 눈이 너무 작고 못 생겼다고 스스로 평가한다. 그리고 목소리가 너무 안 좋다고 나에게 하소연 한다. 그러나 내가 볼 때 그건 절대 문제가 아니다. A의 진짜 문제는 그 선입견을 핑계로 아무런 관리도 안 하고 있는 것이다. 최소한의 피부 관리는 물론이고, 머리 모양도 학생 때와 별반 달라지지 않았다.

아마 눈이 작고 목소리가 좋지 않다는 선입견은 꽤 많은 사람이 가지고 있을 것이다. 하지만 나는 A처럼 생각하지 않는다. A의 매력은 신중해 보이는 눈과 중저음의 멋있는 목소리에 있다. 눈이 미소년처럼 크지 않기 때문에 꾸미기에 따라서 카리스마 있게 연출이 가능하다. 그리고 중저음의 목소리가 있기 때문에 상대방에게 신뢰를 주기 쉽다. 듣기 좋으라고 하는 말이 아니다. 다만 본인이 아직 자신의 장점을 느끼지 못 한 것뿐이다.

A는 내가 운동하기 전과 비슷한 사고방식을 가지고 있다. 자신만의 부정적인 관점에서 벗어나지 못 하고 있는 것이다. 게다가 이 단점을 핑계로 노력조차 하지 않는 악순환에 갇혀 있다. 피부 관리에 소홀하고 머리도 대충 관리한다. 이런 방식으로는 누구라도 상대에게 호감을 주기가 쉽지 않다.

우리가 스스로에 대해 어떤 단점을 생각해도, 그게 자신의 제한된 시야라는 사실을 알아야 한다. 어떤 훌륭한 장점도 부정적인 시각으로 보면 단점이 될 수 있다. 그리고 어떤 최악의 단점도 시각에 따라서 장점이 될 수 있거나 발전시킬 여지가 있다.

살다보면 자신에게 몇 가지 혹은 수십 가지의 불만사항이 생긴다. 하지만 그 불만에 굴복하면 내 가치를 제대로 평가해줄 사람은 지구상에 아무도 남지 않는다. 내가 단점이라고 인정해버리면 타인은 그대로 받아들인다. 다른 사람들을 의식해서 자신을 억지로 칭찬하라는 뜻이 아니다. 좀 더 긍정적인 시각으로 볼 필요가 있다는 말이다.

단점에 대한 선입견이 있는 사람은 자존감도 낮을 확률이 높다. 나도 자존감이 낮았던 때에는 내 단점을 부끄럽게 느꼈다. 그런데 지금은 단점을 생각하려고 해도 잘 생각나지 않는다. 내가 완벽하다고 생각하기 때문에 단점이 안 떠오르는 게 아니다. 나는 그저 스스로를 있는 그대로 받아들였고, 단점을 보완할 방법을 마련했기 때문에 걱정 없이 사는 것이다.

선입견과 자존감은 서로 밀접한 관련이 있다. 자존감이 낮아지면 선입견이 하나 둘 생기게 된다. 선입견이 있는 사람은 자존감이 조금씩 낮아진다. 하지만 여기서 주목해야 할 점은 긍정적인 면에 있다. 자존감을 높이면 선입견도 해결되고, 선입견을 해결하면 자존감이 높아지는 선순환을 만들 수 있다.

선입견에 대해 생각하던 중에 의문이 하나 생겼다. 내가 운동을 안

하고 있을 때 어떻게 '해보지도 않고 불평, 불만만 갖는 건 너무 비겁하지 않나?' 라는 생각을 했을까? 나는 이에 대한 답을 '작은 행동'에서 찾는다. 당시에 책을 많이 읽으며 엄청난 생각의 변화를 경험했었다. 이 변화는 나에게 자신감을 주었고, 다른 행동에서도 결과를 얻을 수 있다는 기대를 하게 만들었다.

만약 내가 독서를 시작하지 않았다면 자신감 같은 건 평생 가지지 못 했을 것이다. 자신을 바꿔본 경험이 없기 때문이다. 그렇다고 해서 오직 독서만이 자신감을 준다고 생각하지 않는다. '뭔가 했다'는 성취 경험이 중요하다. 나는 운동을 시작할 때 결과에 대한 기대감이 있었다. 이미 독서라는 행동으로 성과를 체험해봤기 때문이다. 책을 읽기 시작했을 때처럼 아무런 기대도 없던 태도와는 비교가 된다. 독서를 시작했을 때는 그냥 궁금해서 읽은 게 다였다. 결론적으로 나의 선입견을 깨준 건 '작은 행동'이었다. 책을 뽑아서 첫 장을 펼쳤던 작은 행동이 부정적인 패턴에서 나를 탈출시킨 것이다.

선입견을 인지하려는 100의 생각도 중요하지만 나를 발전시키려는 1의 행동이 더 중요하다. 선입견을 생각으로 해결하려고 하면 꼬리를 무는 핑계만 생길 뿐이다. 일상생활에서 작은 실천을 통해서 해결을 도모해야 된다. 그렇지 않으면 단점이 드러날 때마다 좌절하고, 잊어버리는 게 반복된다. 이 악순환은 사람을 정체모를 절망감에 가둔다.

어떤 게 부정적인 선입견인지 구별하는 방법은 간단하다. 노트에 단점을 모두 쓰면, 그게 모두 선입견이다. 사람에게 단점이란 없기 때문이다. 타인들이 준 상처나 특정한 사건이 선입견을 만드는 것이다. 나는 언제나 나일뿐이며 발전시킬 방법은 무궁무진하다는 것을 기억하라. 우리는 자신을 활용하는 방법을 지금까지 몰랐을 뿐이다. 나도 주변 사람들을 부럽게 쳐다보기만 했었다. 하지만 지금은 선입견을 모두 극복해서 더 높은 단계의 사람들을 바라보며 끊임없이 발전한다.

우리는 선입견이라는 장벽에 늘 가로막힌다. 어떤 일에 도전할 때 '내가 뭘 하겠어, 어차피 안 될 텐데.' 같은 생각이 천천히 우리를 지배한다. 손을 번쩍 들고 발표하고 싶어서 손을 들었다가 내려 본 경험이 한 번 쯤 있을 것이다. 발표에 소질이 없다는 생각에 가로막힌 경우다. 운동이나 공부를 시작하려다가 자신의 의지를 믿지 못해서 포기해본 경험도 있을 것이다.

나의 단점은 국가공인단점이 아니다. 우리가 스스로 만든 울타리다. 어렸을 때 받은 상처가 굳어진 경우도 있고 자연스레 만들어진 경우도 있다. 즉, 얼마든지 장점으로 바꿀 수 있다. 없애버릴 수도 있고 보완할 수도 있다. 나는 그렇게 믿었기 때문에 수많은 선입견과 단점에서 해방되었다. 더 이상 두려워하지 마라. 내 경험상 90%이상의 선입견은 행동을 개시하고 몇 일만에 증발해 버린다. 문제는 나의 단점들이 아니라, 나 자신과 직시하기를 거부했던 태도였다.

가장 큰 장벽은 나에 대한 선입견이다. 앞으로 하고 싶은 일과 지금 할 일을 위해서는 꼭 극복해야 되는 벽이다. 행동을 내일로 미루지 말고 오늘 당장 뭐라도 해본다면 분명 소득이 있을 것이다. 이제 세상은 마냥 겸손한 사람을 원하지 않는다. 내 단점을 명확히 인지하고, 자신 있게 살아야 한다. 제대로 인지하지 못한 장애물은 절대 극복되지 않는다. 오늘부터 자존감과 선입견의 선순환을 만드는 사람이 되어라. 작은 행동을 먼저 실천하는 사람이 벽을 뛰어넘을 수 있다.

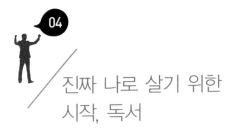

진짜 나로 살기 위한
시작, 독서

나는 어릴 때 컴퓨터게임을 지독히 사랑했
었다. '메이플스토리'라는 게임이었는데 방학에 8시간씩 할 정도였
다. 이 게임은 각자의 캐릭터가 게임세계를 여행하며 성장하는 이야
기다. 그 과정 중에 사냥, 퀘스트 등의 콘텐츠로 레벨을 올린다. 그리
고 각종 콘텐츠를 진행하려면 'NPC(Non-Player Character)'가 반드시
필요하다.

NPC는 모험을 하지 않는다. 그저 게임 회사에서 만든 방식대로 행
동하고 말할 뿐이다. 그저 나를 포함한 유저들의 캐릭터들만 모험하
며 성장한다. 나는 당시에 게임에 너무 열중하고 있었기 때문에 NPC
가 불쌍하게 느껴졌었다. 내가 NPC의 부탁을 들어줘도 잠시 후면 잊
어버리고 다시 다른 플레이어에게 사정을 호소하고 있다. 그렇게 프

로그램 되어있기 때문이다.

　　NPC는 언제나 만들어진 대로 행동하고 있을 뿐이다. 또한 정해진 장소에서 정해진 일을 한다. 만들어질 때부터 그렇게 지시받았기 때문이다. 하고 싶은 대로 행동하고 모험을 즐기는 건 유저들의 특권이다. 나는 고등학교 2학년까지만 이 게임을 했다. 최고 레벨을 달성해서 더 이상 할 이유가 없었기 때문이다.

　　게임을 그만둔 후에 NPC에게 느꼈던 불쌍한 느낌을 한 번 더 느낀 적이 있다. 내가 독서를 시작한 이후부터다. 책 속의 사람들은 정말 하고 싶은 일을 마음대로 했다. 실패를 하더라도 몇 년이고 몇 십 년이고 도전해서 달성하는 모습이 너무나 멋있었다. 나도 그렇게 살고 싶었다. 그래서 실제로 그들의 행동을 똑같이 해보며 나의 자율성을 높여갔다.

　　그러던 어느 날, 주위를 보니 다른 사람들이 NPC처럼 느껴졌다. 그 중에서 모험을 즐기고 있는 건 하고 싶은 일을 하는 사람들이었다. 모두 상사의 지시대로 움직이거나 부모님의 지시대로 움직이는 NPC로 보였다. 나는 다른 사람을 비하할 마음은 전혀 없다. 오히려 나보다 열심히 사는 사람들을 인정하고자 한다. 하지만 딱 그 순간만큼은 '모두 다 플레이어는 아닌가?' 하는 의문이 생겼다.

　　현실에는 NPC가 없다. 모두 살아 움직이는 사람들이다. 한 명도

빠짐없이 열심히 살고, 희로애락을 느낀다. 그럼에도 이런 생각이 들었던 건 나도 NPC같은 삶을 살았기 때문이다. 나는 주변 환경에 지배당하는 사람이었다. 내 생각보다 다른 사람들의 말에 더 신뢰가 갔었다. 상사의 지시라면 불만을 가지고도 하라는 대로 했었다. 어쩔 수 없다고 생각했기 때문이다. 늘 같은 고민을 하고 같은 일을 했다. NPC와 다를 바 없었다. 나만의 꿈이나 목표도 없이 노력만 하는 삶은 고되다는 걸 알았다. 그래서 더욱 자신만의 꿈과 목표의 자율성을 박탈당한 사람들이 불쌍하게 느껴진 것이다.

독서를 시작하고부터는 내 삶이 생각보다 자유롭다는 걸 알게 됐다. 나는 내 단점을 평생 안고 가는 거라고 알고 있었다. 그리고 지금 하고 있는 일은 어쩔 수 없이 하는 거라고 배웠다. 그래서 잘생긴 사람들이나 일을 잘 하는 사람들을 마냥 부러워했었다. 다시 태어나고 싶었다.

하지만 책에서 하라는 대로 했더니 점점 나의 구속이 풀리는 걸 알 수 있었다. 체격이 만족스럽지 않으면 운동을 해서 해결 했다. 주변 사람들이 마음에 안 들면 적당히 거리를 두고 마음에 드는 사람들을 찾았다. 내 목소리가 마음에 안 들면 발성을 연습해서 마음에 드는 목소리로 말하며 해결 했다. 마치 게임처럼 하고 싶은 일이 성취되니, 인생이 너무 재밌었다.

그런 상태에서 옆에서 자신의 상황을 불평하는 사람들이 보였다. NPC로 보일 법 하지 않은가? 심지어 너무 힘들어 보여서 살짝 조언을 해줘도 '이상적인 말', '말도 안 돼', '나는 달라'라는 방어막이 있었다. 그동안 나에게 조언을 해줬던 사람들이 머릿속에 스쳐지나갔다. 얼마나 답답했을까? 새겨듣지 않은 것이 후회됐다.

나는 책을 읽기 전에 NPC였다. 주어진 상황에서 벗어나지 못 해서 같은 자리만 빙빙 도는 사람이었다. 언제나 과거로 돌아가고 싶었다. 익숙한 일만 반복해서 하고, 같은 생각만 반복해서 했다. 이런 상황을 책으로 극복했기 때문에 처음에는 '책이 나를 다른 사람으로 만들어줬다!'라고 생각했다. 하지만 독서는 잠자고 있던 '진짜 나'를 깨운 것뿐이다.

나는 무의식적으로 '가짜 나'를 거부하고 있었다. 마음속에서 '나는 이렇게 살기 싫어!'라고 외쳤었다. 하지만 진짜 나로 사는 법을 배우지 못 했기 때문에 어떤 모습이든 받아들이는 게 최선인 줄 알았다. 나는 유난히 갇혀있는 인생을 살았다. 색다른 곳에 가보지 않았고 삶의 패턴을 바꿔본 경험도 없다. 여행을 가고 싶다는 생각도 못 했다. 내가 평소에 돌아다니는 곳 외에는 다른 곳에 가본 적이 없기 때문에 호기심조차 생기지 않았던 것이다.

몇 년 전에 했던 친구와의 대화가 떠오른다. 친구는 "고등학생 때로 돌아가고 싶다. 옛날로 돌아가고 싶은 건 어쩔 수 없는 것 같아"라고 했다. 나는 이 말에 공감했었다. 나도 대기업에 들어가고 싶었던 이유가 따지고 보면 옛날로 돌아가고 싶어서였기 때문이다. 생각 없이 친구들끼리 놀던 시절로 돌아가고 싶었다. 나중에 어른이 됐을 때 당당하게 만나서 학생 때처럼 놀고 싶었던 것이다.

최근에 이렇게 말했던 게 생각나서 '나는 지금 언제로 돌아가고 싶지?' 라고 스스로에게 물었다. 그런데 그 어떤 순간도 지금보다 좋은 순간이 없었다. 유치원생, 초등학생, 중학생, 고등학생, 군인, 회사생활 중에서 그리운 순간이 없었다. 나도 놀라서 계속 생각해봤지만 진저리나는 기억들만 떠올랐다. 언제로 돌아가더라도 지금보다 더 잘 살 수 있을 것 같지 않았다. 어제로도 돌아가기 싫었다. 나는 이미 지금 이 순간이 좋은 사람이 돼있었다.

누구보다 과거 지향적이었던 내가 이제는 미래 지향적인 사람이 되었다. 중학생 때는 저번 시험으로 돌아가고 싶었고, 고등학생 때는 중학생 때로 돌아가고 싶었다. 이런 삶을 반복하고 있었는데 진짜 나의 삶을 찾자, 더 이상 과거로 돌아갈 필요가 없었다. 내 자아가 바라고 있었던 건 시간여행이 아니라 진짜 삶을 찾는 것이었다.

진짜 나로 사는 건 인생에서 가장 중요한 일이다. 사람은 누구나 하고 싶은 일이 있고 잘 하는 일이 있다. '일' 이라고 해서 노동만을 의미하지 않는다. 각자가 완수할 수 있는 개인의 사명이 있다는 뜻이다. 많은 사람이 가짜 삶을 살고 있기 때문에 자신을 세상의 부속품으로 취급한다. 하지만 진짜 나는 그렇게 작은 존재가 아니다.

존경받는 사람들은 대부분 진짜 나를 발견한 사람들이다. 자신이 앞으로 무슨 일을 할지 아는 사람들이고, 살고 싶은 대로 자신의 삶을 바꾼 사람들이다. 사실은 모든 사람이 그런 힘을 가지고 있다. 나를 가장 하찮게 느끼며 살았던 나도 변할 수 있었으니 확신할 수 있다. 당신도 이렇게 살 수 있다.

'가짜 나'는 항상 같은 생각과 고민을 반복하게 한다. 생각이 언제나 같은 곳을 맴돌기 때문에 행동도 언제나 일정한 범위에서 이루어진다. 항상 비슷한 좌절과 고통이 따라다녀서 발전이 없는 삶이 만들어진다. 이 모든 건 자신이 무능한 탓이 아니다. 이런 것들이 무능한 증거라면, 나는 누구보다 무능한 사람이었다. 언제나 같은 실수로 혼나고 비난받았기 때문이다.

'진짜 나'는 언제나 나를 발전하게 하는 자아다. 되고 싶은 게 있으면 기어코 된다. 하고 싶은 일이 있으면 반드시 한다. 문을 열고 보면 방법은 세상에 널려있다는 사실을 알고 있다. 도전하는 즐거움을 알게 한다. 하지만 대다수의 사람은 '가짜 나'를 먼저 접한다. '진짜 나'를 아직 모르기 때문에 헤매는 경우가 많다. 더 이상 가짜 나에게 휘둘리면 안 된다. 시간이 아깝다. 나는 독서를 함으로써 가짜에게서 벗어날 수 있었다. 가슴 설레는 이야기들이 진짜 삶을 찾아줬기 때문이다. 다른 사람의 삶에서 진짜 내가 원하는 게 뭔지 알아갈 수 있었다. 최대한 빨리 독서를 하거나 하고 싶었던 일을 시작하자. '진짜 나'라는 자아가 엄청난 일들을 이뤄줄 것이다. 항상 '나는 모든 걸 바꿀 수 있다.'라고 생각하고 외쳐라.

인생의 답은 어디에
있을까?

고등학교 때, 우리 학교는 아침마다 한자와 영어단어를 쓰는 제도가 있었다. 그리고 학생들이 열심히 임했는지 확인하기 위해서 분기마다 총 네 번, 시험까지 봤다. 이 시험의 점수가 내신에 반영되기 때문에 결코 대충할 수는 없었다. 암기에는 자신이 없었지만 양심을 지키며 좋은 점수를 받기 위해 노력했었다.

가을의 어느 날, 다른 때와 같이 한자와 영어단어 시험을 보는 날이었다. 영어단어 문제는 모두 풀었지만 한자시험의 한 문제를 풀지 못 했다. 난 이 문제를 시험보기 직전에 공부했었지만 시간이 지나도 아무런 기억이 나지 않았다. 초조해졌다. 문제당 배점이 큰 시험이었다. 한 문제로도 꽤 큰 차이가 생길 수 있었다.

그때 책상서랍에 들어있는 한자공책이 생각났다. 시험 직전에 보다가 그대로 넣은 공책이었다. 안 들키고 꺼낼 수만 있다면 100점을 맞을 수 있었다. 시간은 충분히 남아있었고, 갈수록 유혹이 커졌다. 하지만 지금 커닝을 하면 그동안 양심적으로 풀었던 순간들이 의미 없어진다는 점이 나를 붙잡았다.

결국 그대로 시험지를 덮고 엎드렸다. 10분 쯤 뒤에 선생님이 시험지를 걷어갔고, 예상한 점수가 나왔다. 난 이 때 정말 간절했다. 답을 볼 수만 있다면 정말 좋겠다고 생각했다. 다만 시험에서 커닝은 부정행위기 때문에 하지 못했다. 그런데 '답을 보고 싶다.'는 마음은 시험을 볼 때만 생기지 않는다. 우리는 모든 걱정과 문제들의 답을 보고 싶어 한다. 성공의 공식을 알고 싶을 것이다. 하지만 인생의 답이 존재하긴 하는 걸까? 내가 봤던 한자시험의 답은 서랍 안에 있었는데, 인생의 답은 어디에 있을까?

인생의 답은 책 속에 있다. 책이 유익하다는 건 알고 있었지만 답이라는 말은 생소할 것이다. 하지만 책에는 정말 인생의 답이 들어있다. 인생의 답이란, 경험이다. 살면서 우리는 수많은 문제를 겪고, 고민을 한다. 누군가 우리를 시험해보는 것 같다. 하지만 그 모든 문제들에는 공통점이 있다. 인생에 찾아오는 문제들은 경험으로 해결할 수 있다는 것이다.

우리는 경험해본 일을 쉽게 해결한다. 동종업계에서 경력자를 우대해서 채용하는 것도 경험치가 있기 때문이다. 경험은 기존의 사례를 토대로 우리를 당황하지 않게 만들어준다. 아무도 매일 가는 출근길을 헤매지 않는 것과 같다. 우리가 일상생활을 자연스럽게 할 수 있는 이유는 그저 지금까지 그래왔기 때문이다.

나를 당황시키는 문제들은 처음 겪어봤기 때문에 어렵게 느껴지는 것들이다. 그래서 여기에 책이 필요하다. 다른 사람들이 어떻게 해결했는지 알아야 도움이 된다. 나는 책을 읽은 뒤부터 부쩍 당황하는 횟수가 줄었다. 남들이 비상상황을 선포하며 긴급하게 움직일 때도 나는 태평하다. 답을 이미 알고 있기 때문이다.

인생에서 발생하는 문제의 9할은 정신적 혼란이 차지한다. 결국 우리는 문제에 답을 제시해야 하며, 사실 혼란을 겪는 시간도 시간낭비다. 책은 경험의 압축이자, 경험의 증폭이다. 평범했던 나의 경험도 책을 읽으며 발전하면 엄청난 생각이 되어 돌아온다. 우리는 책을 보기 위해서 선생님의 눈을 피해 커닝할 필요도 없다. 그저 필요한 책을 사서 보기만 하면 된다. 책을 안 보는 건, 해답이 눈앞에 있는 데도 안 보겠다고 고집을 부리는 격이다.

그렇다면 사람들이 책을 안 읽는 이유가 뭘까? 책을 읽어도 충분한 답을 얻지 못 하는 경우는 뭘까? 나는 그 이유가 저자와의 거리감 때문이라고 생각한다. 전에 인터넷에서 이런 댓글을 본 적이 있다. 댓글

작성자는 자기계발서를 제일 싫어한다고 했다. 나는 '왜 경험의 산물인 자기계발서를 싫어하지?' 라는 의문이 생겼다. 작성자는 이어서 말했다. 항상 진부한 이야기만 하고, 노력 천재들이 실천하기 힘든 이상적 답을 제시하기 때문에 싫어한다고 했다. 그래서 자신은 재미라도 있는 소설을 읽는 게 최고라는 결론을 내렸다고 하며 댓글을 마무리지었다.

그 댓글이 '베스트 댓글' 이었던 걸 보면 이 말에 공감하는 사람이 많다는 뜻이리라. 하지만 자신의 분야에서 큰 성취와 성공을 거둔 사람들은 하나같이 말한다. '책을 읽어야 한다' 고 말이다. 그런데도 반응이 이렇게 양극으로 나뉘는 건 '저자를 어떻게 보느냐' 가 좌우한다.

한 번 자신에게 '나는 저자를 어떤 시선으로 보지?' 라고 물어보자. 과연 나는 책을 읽고 뭘 얻으려고 하는 건지 생각해보자. 위 댓글의 작성자는 저자와 자신을 다른 세계의 사람이라고 단정 지었다. 스스로 '노력 천재' 라는 단어를 쓰면서 벽을 만들었다. 하지만 나는 책을 읽을 때 저자 프로필을 반드시 자세하게 읽는다. 카페에서 둘이 대화를 하듯이 책을 읽기 위해서다.

나는 책을 읽다가 공감되는 내용이 있으면 맞장구를 치며 좋아한다. 그러면서 각종 문제의 해결방법과 훌륭한 생각을 배워간다. 내가 겪어보지 못 한 경험이 나오면 미래에 대한 조언이라고 받아들인다. 실제로 저자가 겪은 상황들은 나에게 찾아온다. 남들이 당황할 때 혼자 침착한 이유가 여기에 있다.

나는 세상에게 '왜 사람들이 나한테만 이러지?' 라고 억울함을 호소했었다. 내 대처와 사고방식이 성숙하지 않다는 걸 몰랐기 때문이다. 하지만 책의 조언대로 나의 태도를 바꾸자, 세상은 알아서 바뀌었다. 나는 빠른 독서보다 꾸준한 독서를 정말 중요하게 생각한다. 꾸준히 남들의 귀한 경험을 내 것으로 만들 수 있기 때문이다. 어떤 문제가 생겼을 때 '어? 어떤 위인은 이렇게 했었는데?' 라며 힌트를 얻을 때가 가장 짜릿하다.

나는 이왕 독서할 거라면 자기계발서나 에세이, 자서전을 추천한다. 영화를 보듯이 소설을 읽어보는 건 괜찮다. 하지만 독서의 주요 종목은 나의 경험치를 올려주는 것이어야 한다. 각 책의 종류에는 나름의 장점이 있지만 삶의 문제해결에 도움이 되는 건 타인의 경험이다. 내가 겪고 있고, 앞으로 겪을 문제들은 이미 누군가 겪어본 것이란 걸 기억하자. 설사 책에 자신의 상황이 나오지 않는다고 해도 충분히 많은 도움과 영감을 얻을 수 있다.

책을 읽으면 인생의 답을 얻을 수 있다. 지금부터 끌리는 책을 찾아서 마음을 열고 읽어보면 많은 게 보일 것이다. 글자를 읽지만 말고 저자와 대화해보길 바란다. 옆에 있는 성공의 답을 알아보지 못 하게 만드는 건 마음의 벽이다. 책과 함께 하는 인생은 '오픈 북 테스트'다. 나만의 힘으로 문제를 풀겠다는 사람은 문제해결이 더디다.

　우리의 삶은 유일하지만, 삶을 구성하고 있는 상황들은 이미 많은 사람이 미리 겪은 것들이다. 유일한 삶을 위대하게 만들기 위해서는 앞선 경험에서 배워야 한다. 살면서 위기를 겪고 있다면 가장 먼저 할 것은 열정을 내세우는 게 아니다. 적극적인 독서로 지혜로운 답을 찾아야 한다.

기회는 스스로
만들어가는 것이다

퇴사를 고민하면서 정신적으로 많이 피폐해졌었다. 그래서 여름휴가로 제주도 여행을 계획했다. 부모님과 함께 가는 여행이었고, 무조건 재밌고 여유 있게 놀다오는 게 목표였다. 돈이 많이 들어가도 상관없었다. 여행이 나에게 답을 줄 거라는 확신이 있었다. 처음 타보는 비행기에 신기해하며 제주도로 향했다. 그리고 여행 이튿날에, 나는 해수욕장에서 중요한 답을 얻을 수 있었다.

해수욕장에서 어린아이처럼 물놀이를 하고 있었다. 부모님은 해변에 계셨고 혼자서 바다를 만끽하며 놀았다. 그러다가 진이 빠져서 모래사장에 널브러져 누웠다. 그때, 내 눈에 멀리서 모래구덩이를 파면서 노는 아이가 보였다. 나는 아이의 행동을 무심결에 따라했다. 순식간에 큰 구덩이가 파졌다. 곧 파도가 치면서 구덩이에 물이 고였다.

그와 동시에 번뜩이는 깨달음을 얻었다.

나는 파도가 오는 순간에 맞춰서 구덩이를 파지 않았는데도 물은 즉시 고였다. 파도는 언제나 해변으로 오고 있었기 때문이다. 파도는 나에게 오는 기회들이고, 구덩이는 인생에 준 변화의 크기라는 깨달음을 얻었다. 내가 모래에 변화를 준 순간이 빠르면 빠를수록 물은 빨리 고인다. 기회는 드물게 찾아오는 것이 아니었다. 기회는 언제나 왔다 가는데, 내가 준비되고 변화된 만큼 보이는 거라고 해변이 말해줬다.

나는 남은 기간 동안 제주도에서 편안한 시간을 보냈다. 확실한 결정을 내렸기 때문이다. 휴가가 끝나고 나서는 신속하게 퇴사를 진행했다. 더 이상 망설일 필요가 없었다. 그 달에 정식 퇴사가 되었고, 내 삶에는 기회들이 찾아왔다. 대표적인 기회는 〈한국 책쓰기 성공학 코칭 협회(이하 한책협)〉를 만난 것이다. 덕분에 지금은 작가가 되었고 삶이 획기적으로 달라졌다. 내 삶에 여행과 퇴사라는 변화를 줬기 때문에 기회를 잡을 수 있었다.

나는 항상 기회가 알아서 오기를 바랐었다. 내 능력을 발휘할 기회가 오길 기다렸다. 하지만 정작 기회가 왔을 때는 잡지 못 했다. 언제나 이미지를 좋게 바꿀 기회를 실수로 놓쳤고, 믿음직스러운 모습을 보이지 못 했다. 그럴 때면 자괴감이 몇 배로 밀려왔다. 기회가 와도

잡지 못 하는 자신이 싫어졌다. 이런 행동은 기회에 대한 올바른 태도가 아니다. 하지만 주변 사람들도 나와 비슷하게 살았기 때문에 이게 잘못된 일인지 몰랐었다.

기회에 대한 나의 관점은 독서를 통해 올바르게 전환됐다. 책 속의 인물들은 나처럼 기회가 알아서 오기를 기다리지 않았다. 그들은 운 좋게 기회를 맞아들인 사람이 아니라, 스스로 기회를 만들어낸 사람들이다. 처음에는 대단하다고만 느꼈다. 하지만 점점 내 삶에도 기회가 지천에 있다는 걸 눈치 챘다. 그들의 이야기와 내 삶이 크게 다르지 않다는 걸 깨달았다. 최고의 기회는 시간이며 기회를 얻는 방법은 자신의 생각을 실천할 용기였다.

그리스에서 기회의 신을 의미하는 '카이로스' 조각상이야기를 듣고 검색해본 적이 있다. 이 조각상의 형상은 상당히 독특하다. 이마쪽에 머리숱이 몰려있고 뒤통수는 대머리다. 어깨와 발에 날개가 달려있고 손에는 저울을 들고 있다. 처음 이야기를 들었을 때는 의아 했지만 조각상의 설명을 보고 이해가 갔다.

설명에는 "앞머리가 무성한 이유는 사람들이 내가 누구인지 금방 알아차리지 못 하게 하고, 나를 발견했을 때는 쉽게 붙잡을 수 있도록 하기 위함이고, 뒷머리가 대머리인 이유는 내가 지나가고 나면 다시는 나를 붙잡지 못 하도록 하기 위함이고, 발에 날개가 달린 이유는 최대한 빨리 사라지기 위해서다. 저울을 들고 있는 이유는 기회가 앞에 왔을 때 정확히 판단하라는 의미다. 내 이름은 '기회' 다."라고 쓰여 있다.

기회의 특징을 잘 묘사한 조각상이다. 그래서 이 말을 듣고는 '언젠가 나한테 오는 기회를 잘 잡아야겠다.' 고 생각했다. 하지만 내 생각처럼 기회의 신은 가끔 오는 존재가 아니었다. 우리는 매일 아침 훌륭한 하루를 만들 기회를 받는다. 일찍 일어나서 하루를 멋지게 보낼 계획을 짤 수 있다. 하고 싶은 일을 새벽부터 할 수도 있다. 하지만 사람들은 사소한 곳에서 시간을 낭비하며 늘 기회를 놓치고 있다.

기회는 시간과 손잡고 우리를 스쳐간다. 마음먹기에 따라서 계속 잡을 수도 있고, 영원히 놓칠 수도 있다. 기회의 신이라는 카이로스는 인생에 제한을 두고 찾아오지 않는다. 우리 옆에 왔다 가기를 반복한다. 이제 더 이상 기회를 낭비해서는 안 된다. 기회는 곧 시간이다. 시간을 낭비한 사람은 자신에게 기회가 오지 않았다고 불평할 자격이 없다.

기회는 선택의 순간이다. 주어진 시간을 어떻게 사용할지, 매순간 후회 없는 선택을 하는 걸 의미한다. 지금 우리가 후회하는 걸 생각해보자. '그 때 고백할 걸', '그 때 그 말을 하지 말 걸', '그 때 제안을 받아들일 걸', '그 사람의 말을 듣지 말 걸' 등이다. 만약에 과거로 돌아간다면 분명 다른 선택을 하지 않을까? 지금은 어떤지 생각해보자. 우리는 오늘, 후회할 선택을 안 했는가?

흘러가는 대로 살다보면 후회할 일은 늘어난다. 우리는 항상 삶을 선택할 기회와 마주하고 있다. 매순간 자신의 선택으로 산다면, 결과가 나쁠지언정 후회할 일은 없다. 남들이 원하는 대로, 지금까지 살아왔던 대로 살기 때문에 후회가 생긴다. 지금 무슨 선택을 해야 기회를 잡는 것일지 생각해보자.

나는 늘 삶을 선택하는 기회를 누린다. 일찍 잠을 자고 일찍 일어나려고 노력한다. 정해진 시간과 틈나는 시간에 독서를 습관화한다. 오늘 할 일을 완수하기 위해 노력한다. 건강관리도 빼놓지 않는다. 이 모든 건 자신의 선택이다. 남는 시간을 친구와의 잦은 만남에 투자해도 되고, 인터넷 서핑에 써도 된다. 하지만 그런 선택은 내 후회를 유발하는 걸 알고 있다. 기적 같은 기회는 조그만 기회를 잡을 줄 아는 사람에게만 보인다는 걸 명심하자. 기회를 잡는 것도 습관이다.

후회는 정말 쓰다. 나도 과거를 후회했었다. '도대체 왜 이렇게 살았을까'라는 생각을 했다. 하지만 지금 내 옆에 있는 기회들이 보이자, 삶의 분위기가 달라졌다. 독서를 시작한 뒤부터는 자려고 누웠을 때 웃을 수 있는 사람이 되었다. 오늘을 후회 없이 살았다고 느끼기 때문이다.

만약에 오늘 안 좋은 일들이 있었는가? 그건 과거에 놓쳤던 기회들 때문이다. 오늘 내가 놓친 기회가 언제 내 앞을 막을지 모른다. 그러나 지금 있는 기회를 잡으면 우리의 삶은 매우 긍정적으로 변한다. 우선 기회를 잡았다는 기쁨이 있다. 점점 나의 수준이 올라가는 자부심도 느낀다.

기회는 파도에 물건이 떠내려 오는 것처럼 오지 않는다. 파도자체가 기회다. 우리의 삶은 보통 일과 휴식으로 구별돼있다. 나는 시간이 기회임을 알았을 때부터 일할 때도 여러 가지 시도를 해보고 피드백을 얻는다. 휴식시간조차 그냥 낭비하지 않는다. 휴식시간처럼 시간이 남을 때, 절대로 휴대폰 게임으로 시간을 날리지 않는다.

만약에 뭘 하며 기회를 잡을지 모르겠다면 우선 독서를 추천한다. 책에는 수많은 사람들이 어떤 기회를 어떻게 잡았는지 설명돼있기 때문이다. 나 또한 책을 읽고서 시간의 중요성과 효율적인 사용법을 익혔다. 위대한 업적을 이룬 사람들이 시간을 어떻게 썼는지 배우고 실천하라.

우리는 늘 시간이라는 이름으로 기회를 받고 있지만 기회의 부자가 되지는 않는다. 늘 허비해버리기 때문이다. 시간을 자신에게 투자하여 더 큰 기회를 만드는 사람들이 기회의 부자가 된다. 결국 성공적인 삶을 사는 건 시간을 잘 활용하고 투자하는 사람이다. 내가 이 사실을 진즉에 알았다면 매순간을 지금처럼 소중하게 다뤘을 것이다.

명심하라. 시간이 곧 기회다. 아무도 기회를 주지 않았다고 핑계대지 말고, 스스로 기회를 인식하라. 구덩이를 파지 않으면 물은 절대 고이지 않는다.

남이 할 수 있다면
나도 할 수 있다

나는 사회생활 초반에 남들이 너무 부러웠다. 남들은 사회생활도 잘 하고 운동도 잘 했다. 타고난 유머감각과 센스도 부러웠다. 모든 사람이 자신의 재능 하나씩은 가지고 있었다. 나는 점점 위축되었다. 남들처럼 내세울 게 없다고 생각했기 때문이다. 남들에 비하면 사람들과 즐길 개방적 취미도 없었다. 스포츠와 오락거리에도 재능이 없었다. 내 생각에 남은 선택지는 일을 잘 하는 것뿐이었다. 하지만 난 일을 잘 하지도 않았다. 나에 대한 실망감이 커졌다.

남들에겐 너무나 당연한 일상들이 나에겐 도전의 연속이었다. 성인이 될 때까지 해본 게 별로 없다는 사실은 상당히 부끄러운 일이었다. 그래서 힘들다고 입 밖으로 꺼내지도 못 하는 일상이 반복됐다. 일은 둘째치더라도 스트레스를 풀기 위한 행사들조차 달갑지 않았다.

나는 성인이 될 때까지 노래방도 가본 적 없는 사람이다. 남들이 즐기거나 해봤던 건 전부 생소한 것들이었다. 풋살, 족구, 노래방, 술, 당구, 볼링 같은 활동이 나에겐 모두 처음이었다. 안 해봤다는 티를 안 내기 위해서 부단히 노력했다. 남들에게 있는 경험도, 추억도, 특기도 나에겐 없었다. 모든 면에서 평범해지기 위해서 열심히 해봤지만 어림없었다.

그 중에 독서가 취미인 사람이 있었다. 그 사람은 말도 똑 부러지게 하고, 일처리도 깔끔했다. 나도 모르게 존경심이 느껴졌다. 처음으로 내가 하고 싶은 활동이 생겼다. '책을 읽으면 저 사람과 비슷하게라도 될 수 있는 걸까?' 라는 생각이었다. 똑같이 되는 건 바라지도 않았다. 정말 조금이라도 좋았다. 지금 상태에서 조금만 변할 수 있다면 좋겠다고 생각했다.

얼마 지나지 않아서 독서를 시작했다. 그러자 내 생각의 틀 밖에서 다른 생각들이 마구 들어왔다. 갇혀있는 나에게 누군가 구조식량을 던져주는 기분이었다. 다른 사람의 경험과 깨달음으로부터 나는 발전해나갔다. 갈수록 스스로의 가능성을 인식했다. 이제 나는 '독서'라는 자주적 활동을 시작했고, 다른 것에도 도전할 용기가 생긴 것이다.

책에 나오는 내용을 조금씩 따라했다. 아무것도 가지지 않았던 나는, 뭐든지 흡수했다. 이게 습관이 되어 남들의 행동도 따라서 했다.

책과 실생활에서 늘 배우고 있었고, 이 행동은 엄청난 시너지효과를 냈다. 책에서 신뢰를 주는 행동에 관해서 배우면 실생활에서 그 내용에 관한 것들이 눈에 띄었다. 주로 좋은 습관을 가지고 있는 사람들이 내 배움의 대상이었다. 어떤 사람에게는 기분 좋아지는 말투를 배웠고, 웃음소리를 배워온 적도 있다. 습관을 배우고 가치관도 배웠다. 그러자 점점 나를 이해해주고 다가와주는 사람들이 생겼다.

나는 남의 가치를 모방하며 발전했다. 처음에는 '다른 사람의 가치로 나를 채우면 진짜 나는 없어지는 거 아닌가?' 라고 생각했지만 어리석은 생각이었다. 예를 들자면 '아이폰' 에 타 회사의 칩을 넣는다고 해도 여전히 '아이폰' 인 것과 같다. '나' 라는 사람은 그 자체로 충분하다. 내부와 외부를 무엇으로 채우거나 장식할지는 내 맘이다. 핵심은 혼자만의 힘으로는 효과적인 삶을 살 수 없다는 것이다.

나의 가치를 채워가며, 크게 두 가지를 배웠다. 첫 번째는 나를 채우기 위해서 모방은 선택이 아닌 필수라는 것이다. 두 번째는 남이 할 수 있다면 나도 할 수 있다는 것이다. 나는 이걸 깨닫기 전에는 남들의 장점을 우러러보거나 질투하기만 했었다. 그런데 배우고자 했더니 질투만 했던 내가 틀렸었다는 걸 알았다. 이제 습관이 된 모방의 기술은 지금도 나에게 많은 도움이 되고 있다.

기술의 발전도 그렇듯이, 사람의 발전도 모방과 응용에서 시작된다. 만약에 우리가 태어나서 한 번도 빨간색을 보지 못 했다면 상상할 수도 없을 것이다. 이렇듯, 모든 건 관찰되었기 때문에 이름이 존재하고 사용법과 응용법이 만들어졌다. 사람도 마찬가지다. 한 번도 관찰하지 못 한 나의 장점과 특성은 혼자서 알아낼 수 없다. 눈에 띄는 사람을 관찰하고, 내 방식대로 응용하며 활용해라. 자신이 누군지 알게 될 것이다.

나는 내가 어떤 사람인지 몰랐고, 어떤 사람이 되고 싶은지도 몰랐다. 그래서 곁에 있는 사람들을 보며 부러움과 질투라는 형태로 소망이 나타난 것이다. 한 명의 사람은 많은 가치관과 성격을 가지고 있다. 질투는 결국 수많은 요소 중에서, 나에게 필요한 게 무엇인지 인식시키는 역할이다. 모방의 과정은 '추가'의 개념이 아니다. 원래 있던 것을 '발견'하고 발전시키는 과정이다.

뭐든 부러워만 하지 말고 무작정 따라서 해보면 도움이 된다. 책과 지인뿐만 아니라 TV에 나오는 연예인 등을 모방해도 좋다. 왜냐하면 모방이라는 행동자체가 정해진 패턴을 벗어나는 행동이기 때문이다. 패턴을 벗어나는 행동을 하면 우리는 색다른 결과를 얻고, 개인적인 성과를 창출할 수 있다. 답은 항상 내 안에 있지만 답을 확인하게 해주는 매개체는 밖에 있는 법이다.

남을 이해하고 배우는 과정에서 진정한 이해심도 배우게 된다. 타인의 입장에서 생각해야 모방도 가능한데, 그 과정에서 상대의 입장이 되는 것이 익숙해지기 때문이다. 지금 생각해보면 나는 정말 이기적이었다. 타인을 시기하고 질투하기만 했으니 말이다. 공감이나 축하도 억지로 했었다. 그런 것들보다는 집에서 쉬고 싶었다. 하지만 나는 모방을 통해서 새로운 인생을 얻었다. 나만의 능력으로 모든 걸 해결하겠다는 고집은 무의미하다. 삶의 이곳저곳에서 물감을 가져오고 나만의 팔레트에 담아라. 그 과정에서 내가 원하던 오묘하고 찬란한 색이 탄생한다.

남들이 하는 걸 나도 할 수 있다는 자신감이 중요하다. 책과 타인들에게서 많은 걸 배워라. 자신의 색이 흐려지는 건 걱정하지 않아도 된다. 모방의 욕구란, 영양이 부족하면 특정한 음식이 먹고 싶고, 소화가 다 되면 배가 고파지는 것과 같다. 질투와 부러움은 모자란 지혜와 경험에 대한 우리의 갈망이 표출되는 과정이다.

완벽하게 태어나는 사람은 없다. 아무리 좋은 환경에서 자라고, 좋은 교육을 받아도 사람은 완벽하지 않다. 나는 극단적인 고통을 겪고서야 혼자서는 살 수 없다는 걸 깨달았다. 부디 그런 경험을 하는 사람이 많지 않았으면 한다. 사람은 모방과 학습을 통해서 발전한다. 필요한 게 있다면 이미 정제된 것들을 밖에서 가져오면 된다.

나는 책을 읽고
나답게 살기로 했다

　　　　　　파워포인트로 강연 자료를 만들 때의 일이
다. 나는 평소에 파워포인트를 많이 다루지 않는다. 하는 방법만 알고
있는 수준이다. 서투르게 이것저것 도형을 만들어봤지만 시간만 지날
뿐, 원하는 느낌이 나오지 않았다. 그래서 친구들한테 어떻게 해야 되
냐고 물어봤다. 친구 중 한 명이 파워포인트 양식을 파는 곳이 있다고
했다.

　당장 사이트에 들어갔다. 정말로 가지각색의 파워포인트 양식을
팔고 있었다. 내 돈을 들여서 구매하는 방법도 있었지만 직접 만들고
싶었다. 나는 양식들을 많이 구경하면서 참고했다. 내 머리로는 도저
히 생각할 수 없었던 풍경이 눈앞에 펼쳐졌다. 그러다가 영감이 떠올
랐고, 결국 나만의 아이디어가 생겼다. 결과적으로 만족스러운 자료

를 만들 수 있었다.

혼자서 자료를 만들었다면 아마 밤을 샜어도 만족할 수 있는 자료가 완성되지 않았을 것이다. 완성되더라도 초등학생 수준의 작품이 만들어졌을 것이다. 사람들의 아이디어를 참고한 덕분에 지금까지 없었던 것들을 눈으로 보며 견문을 넓힐 수 있었다. 넓어진 시야에 내 의지가 합쳐졌기 때문에 좋은 영감을 떠올릴 수 있었다.

노력이 모든 걸 해결해주지는 않는다. 노력이 중요하지 않다는 의미가 아니라, 순서가 중요하다는 뜻이다. 노력에는 방향이 있어야 한다. 로켓의 힘을 무작정 늘리고 쏘면 의도치 않은 희생이 발생하거나 도움이 안 되는 결과를 얻는다. 그래서 좌표를 미리 정해놓고 컴퓨터로 경로를 계산한 다음에 발사하는 것과 같다.

우리 삶에도 좌표와 경로가 필요하다. 하지만 삶은 지도처럼 정확한 위치를 표시할 수 없다. 그래서 내가 파워포인트 자료를 만들 때 다른 자료를 참고한 것에서 힌트를 얻어야 한다. 남들의 경험과 가치를 참고하고 배우며 인생의 방향과 목표들을 설정할 필요가 있다. 그저 열심히만 산다면 자신이 마음속으로 원하던 곳에 도착할 수가 없다. 나중에 후회할 뿐이다.

나는 마치 자료를 참고하듯이, 책을 읽으면서 사람들의 경험과 가치관을 참고했다. 처음에 책을 읽기 시작할 때는 내가 어떤 사람인지도 몰랐다. 나답게 살아야겠다는 마음도 없었다. 그런데 책 속의 저자들과 등장하는 인물들이 나에게 힌트를 줬다. 내가 원하는 삶의 형태가 서서히 보이기 시작했다.

책을 읽다 보니, 나다운 삶을 가로막고 있는 게 주변 환경이 아니라는 걸 깨달았다. 나다운 삶을 막고 있던 건 나 자신이었다. 허리를 구부정하게 하고서 무표정하고 소심하게 살고 있는 건 나였다. 사람들에게 무관심하게 대하고 내 노력이 통하지 않는다며 상실감을 느끼고 있는 것도 나였다. 누가 시켜서 그렇게 살고 있는 게 아니었다.

책은 나에게 나답게 살기 위한 구체적인 방법도 알려줬다. 나는 책의 영향을 내외적으로 많이 받았다. 그 중 눈에 띄게 변한 건 나의 말이다. 나는 내심, 나와 대화하는 상대가 나를 확실한 사람으로 느꼈으면 했다. 하지만 상대는 나와 대화하면 그렇지 않은 듯 했다. 책에서 전문가들은 '나랑 대화하는 상대가 나를 확실한 사람으로 느꼈으면 한다.' 라는 욕망도 인식시켜줬고, 어떻게 말하면 좋을지 매우 구체적으로 알려줬다. 그래서 나는 책에서 중요하다고 하는 걸 따라서 했다.

그랬더니 순식간에 결과가 나왔다. 상대방은 나와 대화할 때 관심을 가졌다. 말의 확실한 맺음이 생겼고 의사전달이 뚜렷해졌기 때문이다. 나한테 적합하고, 내가 원하던 대화법을 찾은 것이다. 입을 열 때 마다 기분이 좋아졌다. 내가 원하던 말투와 느낌으로 말이 나오고,

상대도 기뻐한다는 게 감격스러웠다. 이처럼 나답게 산다는 건, 마음에 드는 걸 상대의 경험과 지혜에서 가져오는 것이다. 우리는 처음 살아보기 때문에 스스로 원하는 게 뭔지 모른다. 상대의 삶을 참고하여 나만의 인생을 만들어야 한다.

인성 교육 강사의 프로그램에 참석한 적이 있다. 프로그램 중에 미래의 나를 상상해보는 과정이 기억난다. 강사는 참석자들에게 종이를 한 장 씩 나눠주면서 10년 후의 자신을 그려보라고 했다. 나에게 미래란 너무 거창한 개념이었다. 뭘 하면서 살고 싶은지 전혀 몰랐기 때문에 종이에 그릴 수도 없었다. 학교에 다닐 때도, 회사에 다닐 때도 마찬가지였다.

하지만 이때는 달랐다. 굉장히 오래 고민한 끝에, 나는 뭔가를 그렸다. 종이에는 내가 바라보는 시점에서 책상에 책과 노트가 펼쳐져 있었다. 볼펜이 가지런히 있었고, 남는 공간에는 책이 여러 권 쌓여있는 그림이었다. 나는 고민 끝에 가장 좋아하는 장면을 그린 것이다. 복잡하게 생각하지 않았다. 그저 이 풍경이 10년 후 미래가 됐으면 했다.

책으로 수많은 사람들의 인생을 경험했다. 그러면서 미래를 어렵게 생각하지 않게 된 것이다. 어떤 위인도 원대한 꿈을 가지고 일을 시작하지 않았다는 걸 알게 됐다. 누구든지 자신이 좋아하는 걸 확장시켰거나 좋아하는 꿈을 토대로 일을 접목시켰을 뿐이었다. 그래서 나도 가장 좋아하는 풍경을 그렸다. '나다운 삶'에 대한 인식이 생긴 것이다. 아예 감조차 잡지 못 하던 때와 비교하면 정말 큰 발전이다.

나의 눈으로만 내 인생을 봤다면 어떤 미래를 그릴지 아직도 몰랐을 거라고 확신한다. 독서로 수많은 사람의 인생을 경험했기 때문에 내 미래를 상상할 수 있었다. 책은 내 인생 바깥에 뭐가 있는지 보여줬다. 꿈을 가지게 된 계기들, 목표를 실천으로 옮긴 순간들, 성취 혹은 절망의 순간들을 볼 수 있었다. 많은 사례를 통해서 점점 내 인생의 윤곽을 잡을 수 있게 됐다.

나는 책 속에서 세계적인 기업의 대표들과 창업의 순간을 함께 했다. 국제적 대기업의 경영을 체험해봤다. MBA과정을 수료한 사람의 생각을 들여다보기도 하고, 외국 대기업에서 같이 일해보기도 했다. 그들의 문화와 사건사고들을 체험했다. 많은 직업들을 경험해봤고, 국가를 보는 관점도 배웠다. 학자들과 함께 이론을 탐구해보기도 하고 새로운 사실을 접할 수도 있었다. 굳어져 보이던 세상의 각 요소가 살아 움직이기 시작했다. 사람들이 모여서 역사를 흘러가게 하고 문화를 탄생시킨다는 걸 이해했다. 커다란 세상에 사람이 따라가는 게 아니었다. 꿈이 큰 사람들이 결국 세상을 움직이고 있다는 것을 깨달은 것이다. 이 흐름 속에서 내가 어떤 역할을 맡고 싶은지, 앞으로 뭘 이루고 싶은지 찾는 건 자연스러운 일이었다.

위인들과 유명한 사람은 박혁거세처럼 알에서 태어나지 않는다. 우리와 같은 사람이고, 같은 세상에서 크게 다르지 않은 상황을 거쳐서 성공했다. 물론 타고난 환경이나 시대적 상황들이 관련되었을 수도 있지만 그거야 보기 나름이다. 누군가가 보기엔 우리는 축복된 환경일 수도 있고, 내가 성공하면 익숙했던 내 동네가 축복받은 장소라고 평가될 수도 있는 것이다.

대부분의 사람들은 세상을 나답게 살 수 있다고 생각하지 않는다. 주어진 환경에 빠르게 적응해서 다른 사람보다 잘 나가는 게 최선이라고 생각한다. 하지만 아무리 빠르게 적응하고 아무리 노력해도 나답게 사는 사람을 이길 수는 없다. 자기 삶의 시간을 쪼개서 노력하는 사람이 피터지게 노력해도, 일을 즐기는 사람을 이길 수 없는 이유다.

나답게 사는 방법은 새로운 삶을 창조하는 개념이 아니다. 수많은 사람들의 경험 속에서, 때로는 나의 경험 속에서 조금씩 발견하는 것이다. 나도 처음에는 아무것도 없는 곳에서 나다운 삶을 만들어야 되는 줄 알았다. 하지만 책에서 나온 사람들의 삶에서 나다운 삶의 조각을 조금씩 찾을 수 있었다. 퍼즐을 맞추듯, 마음에 드는 조각을 타인의 삶에서 가져왔다.

이 세상에 '나'라는 존재는 딱 한 명밖에 없다. 나만의 삶을 살지 않으면 평생 타인의 삶에 속한 사람이 된다. 하지만 나만의 삶은 지금까지 없었던 삶이기 때문에 새로운 패턴을 찾아야 한다. 새로운 패턴을 찾는 가장 쉬운 방법은 책에 있다. 책에는 나다운 삶의 조각들이 흩어져 있기 때문이다. 수많은 경험 속에서 내가 원하는 삶을 발견해라. 인생을 후회하는 건 실수도 아니고, 잘못도 아니다. 우리는 늘 나답지 못 했던 순간들을 후회한다. '이런 식으로라도 도전해볼걸'이라고 말이다. 아직 늦지 않았다. 삶의 조각들을 가져오기 위한 독서를 시작하자. 점점 인생의 좌표가 또렷이 보일 것이다.

PART

03

———

자신을 믿는다면
인생은 바뀔 수 있다

책을 읽고 삶이 바뀌는 원리는
'빅 데이터'와 같다. 많은 정보를 이용해서
더 효과적인 홍보를 하고 시스템을
개발하는 단순한 원리다.
많은 사람의 경험데이터가 있어야
더 여유롭고 효과적인 인생을 개척할 수 있다.
인생을 다르게 살고 싶다면 책 읽는 태도부터
바꿔야 하지 않을까?

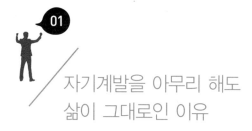

자기계발을 아무리 해도 삶이 그대로인 이유

어느 날, 고등학교 친구인 B에게 초대를 받아서 집에 방문한 적이 있다. 호기심을 가지고 방에 들어갔는데 철봉 기구가 방의 구석을 차지하고 있었다. 그에게 물어봤더니 매일 꾸준히 근력운동을 한다고 했다. 나는 꾸준히 자기 관리를 하는 사람을 정말 좋아한다. 그래서 관심을 가지고 그를 관찰했다. 혹시 눈에 보이는 결과가 있으면 칭찬해주고, 서로의 경험을 공유하기 위함이었다.

하지만 친구의 몸에는 오래도록 변화가 전혀 없었다. 참지 못 하고 "매일 운동하는데 왜 몸이 그대로야?"라고 직접 물어봤다. 이 질문에 B는 "난 그냥 건강만 유지하려고"라는 대답을 했다. 그러나 그는 좋은 몸을 보면 부러워한다. 그 때마다 제대로 운동하면 너도 할 수 있다고 말해주지만 답은 언제나 같다. "건강만 유지하려고 하는 건데 뭘"

B는 좋은 몸을 만드는 운동과 자신의 운동은 다른 종류라고 생각하는 것 같았다. 그는 식욕이 왕성하기 때문에 지방이 늘어날까봐 걱정도 한다. 그래서 근육량을 늘리면 살도 덜 찐다고 말해줬지만 항상 같은 답을 한다. 정말로 B의 운동 목적은 건강을 유지하는 걸까? 만약에 동화책 속의 '지니'가 나타나서 평생 줄어들지 않는 근육질의 몸을 준다고 하면 어떨까? 아마 바로 수락할 것이다.

B의 근본적인 문제는 자신이 뭘 원하는지 모르는데 있다. 혹은 목표를 의식하는 게 두려운 것일 수도 있다. 어찌됐든 건강을 유지한다는 건 핑계다. 그래서 매일 운동하는 걸로 만족하기 위해 애쓴다. 목표가 '매일 운동하는 것'으로 변했기 때문에 효과 없는 운동을 한다. 운동 도중에 스마트폰을 만지며 시간을 낭비하기도 한다. 매일 운동에 시간을 투자하는 수고를 하고 있지만 전혀 발전이 없다.

많은 사람들이 자기계발에서 B와 같은 상황을 겪는다. 대표적으로 책을 읽을 때 그렇다. 책을 읽으려고 노력하는 사람은 많다. 그런데 삶의 변화를 겪는 사람은 드물다. '책을 읽는 것'이 목표로 자리매김 해버렸기 때문이다. 시간을 쪼개서 책까지 읽었는데 삶의 변화가 없는 건 시간낭비에 가깝다. 운동을 하면 몸이 좋아져야 하는 것처럼, 책을 읽으면 삶에 긍정적 효과가 있어야 한다. 책은 원래 삶을 바꿔주거나 발전시켜주는 도구다.

B의 변화 없는 운동은 나에게 충격이었다. 그래서 원인을 계속 생각했다. 그리고 이 궁금증은 책을 읽어도 삶이 변하지 않는 이유까지 생각하게 만들었다. 나는 책을 읽는 사람의 성격이나 개인적 특징은 문제가 아니라고 확신한다. 책의 힘을 직접 경험했기 때문에 알 수 있는 것이다. 그리고 얼마 지나지 않아서 결과 없는 독서의 원인을 크게 두 가지로 정리할 수 있었다.

첫 번째, 책에 삶을 변화시킬 힘이 있다는 걸 모른다. 책 읽는 게 유익하다는 건 어릴 때부터 많이 들어왔기 때문에 익숙한 말이다. 그래서 항상 읽어야겠다고 생각하지만 왜 읽어야 하는지 모르는 것이다. 그러다가 새해다짐 등의 계기가 생기면 독서를 시작한다. 하지만 처음부터 '책을 읽는 것' 자체가 목표였기 때문에 삶을 변화시킬 책을 읽어도 결과로 이어지지 않는다.

책은 굳이 많이 읽지 않아도 삶을 변화시킬 힘이 있다. 지금까지 내 삶을 변화시킨 것도 많은 양의 책이 아니다. 한 권의 책을 읽고 깨달음을 얻는 것이 아니라 매 문장마다 삶에 혁신을 가져오는 힘이 있었다. 책을 읽는 모든 순간에 배우려는 시도가 있어야 한다. 독서의 목표는 책을 읽고 덮는 게 아니라 삶을 바꾸는 것이다.

두 번째, 자신의 목표가 뭔지를 모르기 때문이다. 혹은 자신의 고민이나 문제가 뭔지 모르기 때문에 변화가 없다. 살면서 한숨 쉬는 사람은 많다. 하지만 뭐가 문제인지 직접 말해보라고 하면 얼버무리는 경우가 대다수다. 고민을 알아야 해결할 방법도 생기고, 고민들을 해결해야 진짜 목표가 보인다. 내가 회사에서 잘 하는 게 없다고 생각하며 힘들었을 때도 진짜 문제는 고민이 뭔지 모르는 것이었다. 막연하게 '열심히 하면 언젠가 나아지겠지' 라고 생각했기 때문에 상황에 적절한 해결방법을 찾지 못 했었다.

그렇다면 목표와 고민을 직시하는 방법은 뭘까? 이것도 독서다. 나는 살면서 내 삶의 진짜 목표를 찾으려고 발버둥 쳤었다. 나에겐 열정을 쏟을 목표가 간절했다. 하지만 제한된 내 시야에는 아무것도 보이지 않았다. 책 속의 넓은 세계에서 꾸준히 영감과 힌트를 얻는 수밖에 없었다. 나는 성공했던 사람들의 목표와 사명, 가치관을 적극적으로 새겨들었다. 그 과정에서 잠들어있던 내 진짜 목표를 찾았다. 지금 나의 목표는 많은 사람의 삶을 변화시킬 1인 기업을 만드는 것이다. 우선은 내가 직접 겪은 독서의 힘을 널리 알리고 싶다. 즉, 우리가 독서를 할 때는 '목표를 찾아서 삶을 바꾸겠다.' 는 다짐이 필요한 것이다.

자신의 목표와 고민을 직시하는 건 마치 선장이 지도를 보는 것과 같다. 선장이 목적지까지의 여정이 험난할 것 같다고 해서 지도를 안 보면, 배는 표류한다. 반면, 아무리 힘든 여정이라도 목표를 직시하기 시작하면 방법은 마련된다. 사람은 강하다. '무엇을', '왜' 극복하는지 알면 뭐든지 해낸다. 우리의 삶이 힘든 이유는 과정이 어려워서가 아니다. 언제나 목표와 시련 등을 직시하지 않기 때문에 힘든 것이다.

책에는 저자의 인생이 통째로 녹아있기 때문에 많은 도움이 된다. 책이 우리에게 도움이 되는 이유는 정보가 있어서가 아니다. 인생의 경험을 단기간에 얻을 수 있기 때문이다. 혼자였다면 끝없이 고민했을 힘겨운 상황도 쉽게 해결된다. 고민이 있거나 역경을 겪고 있다면 책의 경험은 기다렸다는 듯 나타난다. 그리고 저자가 귓가에 속삭여 준다. '나는 이럴 때 이렇게 했었어!'

책을 잘 읽는 건 저자와 제대로 소통한다는 의미다. 일방적으로 저자의 의견이 주입된다고 느끼면 효과는 미미하다. 나는 저자와 대화하는 습관을 가지고 있다. 저자가 처한 상황을 고민해보며 나라면 어떻게 했을까, 생각하고 적어본다. 기쁘거나 슬픈 내용에서는 상황에 몰입하며 읽는다. 소설이 아님에도 눈물을 글썽거릴 때도 많고 웃음이 새어나올 때도 많다. 이게 내가 저자와 소통하는 방식이다.

소통하면서 읽은 책은 절대로 잊히지 않는다. 나중에 메모를 보거나 책의 특정부분을 보면 마치 지인과의 추억을 회상하는 것 같다. 책읽던 장소와 그 때의 감정들이 생생하게 떠오른다. 그 가르침은 내 영혼과 몸에 녹아서 삶의 힘이 된다. 책을 그냥 보기만 했다면 상상도 못 했을 일이다.

책을 아무리 읽어도 삶이 바뀌지 않는 이유는 소통의 문제라고 요약할 수 있다. 자신과의 소통을 못 했기 때문에 목표와 문제를 모른다. 또, 저자와 소통을 하지 못했기 때문에 제대로 경험을 흡수할 수 없었던 것이다. 상대와 대화할 때도 말을 제대로 듣고 나의 주관을 명확히 말해야 하는 것과 같다.

대화할 마음이 있어야 상대의 진심을 들을 수 있다. 그리고 나의 생각이 정리돼 있어야 상대에게 정확하게 말을 전할 수 있다. 책을 읽고 삶을 변화시키는 방법은 저자와 대화하는 것이다. 제대로 된 대화를 위해서 자신의 목표를 탐구하라. 또한, 책의 힘을 믿어라. 책을 종이뭉치라고 인식하면 아무것도 바꿀 수 없다. 책의 종류에 상관없이 책에는 한 사람의 인생이 녹아있다. 저자와 제대로 대화할 수 있는 사람이 책을 읽고 삶을 바꿀 수 있다.

100권의 책을 읽고 거짓말처럼 인생이 바뀌었다

　　퇴근하고 사내식당에서 밥을 먹고 있을 때였다. 같이 근무했던 상사가 내 앞자리에 앉았다. 밥 먹는 중에 나를 지그시 보더니 "너는 눈이 죽어있어"라고 했다. 나는 너무 화났다. '이 말을 꼭 밥 먹는 중에 해야 되나? 그리고 무슨 눈 타령이야, 말도 안 되는 소리를 하네.' 라고 생각했다.

　　이 말은 오래도록 내 기억에 남아있었다. 그때는 그 말을 듣고 마냥 화만 났다. 내가 보기엔 멀쩡한 눈이었다. 다른 상사와 비교하면 오히려 내 눈이 멀쩡해 보였다. 그런데 독서를 시작한 뒤에 생각이 바뀌었다. 멀쩡하다고 생각했던 내 눈이 책을 읽은 뒤에 변하기 시작한 것이다. 착각이 아니라, 거울에 보이는 내 눈은 탄력 있고, 빛나는 눈이었다.

책을 읽었기 때문에 눈이 단련됐다고 생각할 수도 있다. 하지만 직접 변화를 목격한 나는 다르게 생각한다. 그 눈은 확신과 자신감에 가득차지 않으면 나올 수 없는 눈이다. 그저 글자를 많이 읽는다고 해서 가질 수 있는 눈빛이 아니었다. 그제야 인정할 수 있었다. 상사의 말이 맞았다. 내 눈은 죽어있었다. 그리고 내 말도 맞았다. 다른 상사와의 차이를 못 느꼈던 이유는 다른 상사 또한 눈이 죽어있었기 때문이다.

나는 눈빛의 변화를 경험한 뒤로 다른 사람들의 눈을 관찰하는 습관이 생겼다. 사람들의 눈을 관찰한 결과, 더 확실히 알 수 있었다. 자신에 대한 신념과 확신이 있는 사람의 눈은 그렇지 않은 사람과 확실한 차이가 있었다. 명료하고 흔들림이 없는 눈이다. 정말로 불을 켜놓은 것처럼 빛난다고 느껴진다.

변화는 여기서 끝나지 않았다. 눈빛이 무의식적인 변화였다면, 그 다음에는 의식적인 변화가 끊이지 않았다. 내 의지대로 나를 바꾸기 시작한 것이다. 마음에 들지 않았던 부분을 모두 바꿨다. 평소의 자세를 바꿨고, 말투와 목소리를 바꿨다. 표정도 바꾸고 걸음걸이도 바꿨다. 안 좋은 습관들도 좋은 습관으로 바꿨다.

독서를 시작하기 전에는 마치 강에 흘러가는 나뭇잎 같은 삶이었다. 거센 물살에 힘없이 흘러가는 나뭇잎 말이다. 휩쓸려가는 중에 돌이 있으면 부딪치고, 폭포가 있으면 떨어졌다. 하지만 책은 나를 바꿨다. 이제 나는 강에만 머물러있는 수동적인 상태가 아니다. 마음에 드는 장소를 골라서 나의 개성을 활용할 수 있는 사람이 됐다.

나는 점점 발전해갔다. 나만의 가치관이 정확히 형성됐다. 앞으로의 비전에 대해서 고민할 수 있게 됐다. 여기까지 약 100권의 책이 필요했다. 내 삶은 정말 거짓말처럼 달라졌다. 외형부터 내면까지 이전과 같은 부분이 거의 없어졌다. 나를 처음 보는 누군가가 변하기 전의 나를 본다면 못 알아볼 것이다.

100권의 책을 읽었다고 해서, 내가 평소에 책을 읽었던 사람은 절대 아니다. 나의 마지막 독서는 위인전에서 멈춰있었다. 그것도 내 의지로 읽은 게 아니었다. 초등학교 때 책을 많이 읽으면 상장을 줬었다. 무슨 욕심이었는지 한 번 쯤 받아보고 싶었다. 그래서 위인전을 대충 훑어보며 독후감 노트를 억지로 채워서 상장을 받았다. 이게 내 마지막 독서였다.

100권의 책 중에는 나에게 별 느낌을 주지 않은 책도 있다. 초반에 읽었던 소설도 포함한 숫자이기 때문에 아마 실제로 도움을 받은 책은 60~70권 정도일 것이다. 그렇다면 도대체 약 70권의 책을 읽는 동안 어떤 일이 일어난 걸까? 무슨 일이 벌어졌기에 눈이 죽어있던 사람이 이토록 명확한 사람이 됐을까?

나에겐 독서가 특별한 활동이었기 때문에 책을 읽으며 노트에 메모를 했다. 다 읽으면 정성스럽게 독후감도 썼었다. 이 독후감과 메모들은 책을 평가하기 보다는 내 느낌과 생각을 주로 쓴 것이다. 덕분에 독서를 하는 동안 어떤 변화과정을 거쳤는지 확인할 수 있었다. 그리고 나는 크게 네 단계를 거쳤다고 정리했다.

첫 번째는 자신의 상태를 확인하는 단계였다. 여행을 가기로 했다고 해보자. 당신에게 정확한 지도와 성능 좋은 내비게이션이 있다. 하지만 현재 위치를 모르면 무용지물이다. 넓은 땅 중에 내가 어디에 있는 줄 알고 길을 나설 것인가? 주변에 보이는 풍경으로 판단하는 건 무리가 있다. 여기서 자신의 현재 위치를 알려주는 도구가 책이다.

책에는 각계각층의 수많은 사람들이 나온다. 주변 사람들만 보고 있으면 내가 어떤 사람인지, 어디에 있는지 알 수 없다. 책에 나오는 사람들의 솔직한 심정과 살아온 경험을 토대로 자신의 위치를 가늠해 볼 수 있다. 세상엔 많은 사람이 있다. 우리나라에 묶여 있으면 서울대를 나온 사람이 최고지만, 지금 이 시간에 하버드와 MBA등의 세계적 엘리트 코스를 밟고 있는 사람도 있다. 새로운 도전을 꿈꾸고 있는 사람이 있고, 이미 성공을 이뤄낸 사람도 있다.

두 번째는 자아를 파악하는 단계였다. 우리는 생각보다 말을 잘 듣는 것 같다. 남들이 정해준 과목을 공부하려고 애쓰고, 남들이 정해준 성공기준에 맞춰서 산다. 그러느라 정작 자기가 어떤 사람인지 알 기회가 없다. 내가 어떤 사람인지 모르면 어떤 것도 만족스럽게 할 수가 없다. 결국 오랜 세월이 지나서야 하고 싶었던 걸 떠올리며 후회할 수밖에 없는 것이다. 내 안에 잠든 자아를 파악해야 긴 인생에서 뭘 할지 정해진다. 그리고 어떤 목표를 이룰지 명확히 알 수 있다.

책에는 수많은 인생과 문화, 사건이 쓰여 있다. 모두 엄청난 것들이지만 내 맘에 들고 설레는 것들은 따로 있었다. 나는 무모한 도전을 하는 순간을 좋아했고, 무모한 일을 성취하는 걸 좋아했다. 눈치 안보고 자신감 있게 사는 사람을 좋아했으며 큰일을 성공시키는 걸 사랑했다. 처음에는 모든 사람이 나와 같은 걸 좋아할 것이라고 생각했지만 남들은 그렇지 않다는 걸 알았다. 나의 자아는 자신감을 바탕으로 무모한 도전을 성공시키는 삶을 바라고 있었다.

세 번째는 환경이 바뀌는 단계였다. 세상에서 '나'를 빼면 환경이 남는다. 우리를 둘러싸고 있는 건 모두 환경이다. 사는 곳, 같이 있는 사람들, 하고 있는 일들은 모두 환경이다. 우리가 힘든 이유는 장소, 사람, 사건이 나와 맞지 않기 때문이다.

환경을 바꾸기 위해서는 "내가 성공한다면 어떻게 살 것인가?"라고 진지하게 질문해야 한다. 불만족스러운 환경에서 사는 이유는 주로 돈 때문이다. 왜냐하면 돈이 없어서 못 바꾼다고 생각하는 경우가 많기 때문이다. 하지만 대부분의 환경은 자신이 자초하고 있는 경우가 많다. 우리는 함께하는 사람들을 선택할 수 있고, 하는 일을 선택할 수 있기도 하다. 중요한 건 의지다.

네 번째는 목표를 인지하는 단계였다. 자신을 정확히 이해하고, 최대한 환경이 맞춰진 뒤에는 오랫동안 감춰왔던 꿈이 드러난다. 사실 이 모든 과정은 꿈을 발굴하기 위해서 존재한다. 책을 읽을 때는 몰랐지만 결국 꿈이 있으면 나머지 세 단계는 자연스레 진행되는 것들이다. 하지만 오랜 세월동안 꿈이 묻혀왔기 때문에 반대로 발굴 작업을 진행해야 한다.

꿈을 인지한 사람의 눈빛은 빛난다. 지금 나는 내 꿈과 비전을 정확히 인지하고 있다. 맨 처음에 떠오른 꿈은 정확하지 않을 확률이 크다. 꿈은 '~하고 싶다.'로 끝나선 안 된다. 언제, 어디서, 어떻게, 얼마나, 왜 이룰지가 정확해야 된다. 꿈에 솔직해지기는 정말 쉽지가 않다. 근본적인 꿈이 작은 사람은 없기 때문이다. 자신이 바라는 진짜 목표가 너무 크기 때문에 두려움을 느끼기 쉽다. 마지막 단계였던 꿈을 인식하는 단계는 가장 오래 걸리고 신중해야 한다. 앞으로의 행보를 정하는 단계이기 때문이다.

내 눈빛이 책을 읽고 똑똑해져서 빛난 건 아니다. 내 안에 있는 지식은 거기서 거기다. 적어도 학력을 기준으로 봤을 때는 말이다. 하지만 수많은 사람으로부터 지혜를 배웠다는 건 자신 있게 말할 수 있다.

자신을 정확히 아는 것과 앞으로의 행보를 결정할 수 있는 힘의 근원은 지혜에 있기 때문이다.

내 눈에 비치는 세상은 전과 다르다. 이전에는 사방에서 날아오는 비난과 책망 때문에 흐릿하게 보이는 기분이었다. 마치 흑백사진을 보는 것 같았다. 매일 정해진 풍경과 똑같은 감정을 느꼈다. 반면에 지금은 세상의 채도와 밝기가 몇 배는 올라간 느낌이다. 모든 사물과 풍경이 명확하게 보이고 빛나게 보인다. 앞으로 어떻게 살지가 정확하고 스스로 자부심이 있기 때문이다.

많은 사람이 현재의 삶을 바꾸고 싶을 것이다. 나는 100권의 책을 통해 변화의 4단계를 겪었다. 하지만 삶을 바꾸기 위해서 반드시 100권의 책이 필요한 건 아니다. 지혜로운 사람이라면 한두 권을 읽고도 스스로 변화할 수 있다고 생각한다. 그저 '책에는 삶을 거짓말처럼 바꾸는 힘이 있다.'라는 사실만 알고 있으면 충분하다. 이 믿음으로부터 변화가 시작되기 때문이다. 한 번밖에 없는 삶이다. 죽어있는 눈으로 살다가 가는 건 억울하지 않은가? 독서로 빛나는 인생을 시작해보자.

글을 대하는
태도만 바꿔도 인생이
달라진다

나는 책을 사기 위해서 각종 온라인 사이트를 자주 이용한다. 그러다보면 책 구매 페이지에 작성된 리뷰를 확인할 때가 많다. 그런데 이벤트를 위한 리뷰를 빼면 진심으로 좋은 책이라고 느꼈다는 반응이 별로 없다는 걸 알았다. 문득 궁금해졌다. 내게 변화를 줬던 책에는 어떤 리뷰가 있을지 확인해보고 싶었다.

나를 변화시켰던 책 중 몇 권을 검색해봤다. 나는 내심 '당연히 좋은 책이라고 평가됐겠지.'라고 생각했다. 그런데 리뷰는 정말 의외였다. 별 내용이 없었다는 리뷰도 있었고 책의 내용자체가 안 좋다는 평가도 있었다. 결론이 없다는 말도 있었고 구성이 안 좋다는 말도 있었다. 내 인생을 바꾼 책들이고, 왜 좋은지도 확실한 책들이었다. 정말 이 책들은 안 좋은 책들이었을까?

리뷰를 작성한 사람들이 잘못된 말을 한 건 아니다. 책을 평가하는 데는 여러 관점이 있다. 책뿐만 아니라 모든 사물을 평가하는 데는 자신만의 기준이 있을 것이다. 또한 지금 처한 환경의 차이도 있을 것이다. 하지만 책의 세부적인 요소 말고도 봐야 하는 게 있다고 생각한다. 분명 리뷰 작성자들과 나는 같은 책을 읽었다. 분명히 비슷한 시간과 노력을 투자했다. 그런데 같은 책을 읽고도 나는 삶을 바꿨고, 대부분은 그렇지 못 했다.

나와 다른 사람들 사이에는 글을 바라보는 태도에 차이가 있다. 분명히 책을 읽고 비판을 한 사람들에게는 책이 300페이지짜리 종이묶음으로 보일 것이다. 나는 책을 종이뭉치로 보지 않는다. 또한 저자가 주려고 했던 메시지를 정리하려고 하지도 않는다. 다만 읽으면서 상상했던 저자의 인생을 머릿속에 그려본다. 나에게 책이란, 저자의 인생이 담긴 보물 상자이기 때문이다.

어떤 상황이 나에게 닥쳤을 때 수많은 저자의 경험 중 하나가 머릿속에 떠오른다. 그리고 나는 그 경험을 활용하여 효과적인 행동을 한다. 다양한 사람들의 관점과 경험을 활용하는 것이 매우 흥미롭다는 걸 알았으면 좋겠다. 한 사람의 인생을 읽고 많이 배워가는 나로서는 어떤 책도 덜 유익하지 않았다. 모든 경험이 귀했고 실생활에 도움이 되었다.

한 번 생각해보자. 지금까지 책을 읽었을 때, 종이뭉치가 기억에 남았는가? 아니면 그 사람의 인생이 지나가는가? 이건 정말 중요한 문제다. 독서는 국어시험이 아니다. 아무도 문법이나 문장의 배치를 가지고 문제 삼지 않는다. 자신의 상황과 맞는 책을 골랐다면 그 사람의 인생을 읽으려고 노력해야 된다. 분명히 수많은 경험 중에서 과거의 오해를 풀 수 있는 단서가 있다. 그리고 지금 닥친 문제를 해결할 실마리가 있고, 미래에 올 문제를 예방할 방법도 적혀있다. 나는 실제로 그렇게 살고 있고, 효과는 확실하다.

책에는 많은 단점이 있을 수 있다. 외국도서의 경우에 번역과정에서 가독성이 떨어지는 경우도 있다. 아니면 작가의 경험자체가 나와 공감이 안 되는 경우도 있다. 혹은 책에서 전달하려는 메시지 자체가 내가 원하는 메시지가 아닐 수도 있다. 구체적인 해결답안이 적혀있지 않은 책도 있다.

하지만 책과 교과서를 혼동해서는 안 된다. 교과서에는 배우고자 하는 학습목표가 정해져 있고 적절한 예시사례를 통해 문제를 푼다. 그리고는 학생들이 알아보기 쉽게 해설과 함께 답까지 써놓는다. 반면에 책에는 저자의 인생이 녹아있고 그 위에 전달하고자 하는 메시지가 올라가 있는 방식이다. 물론 책의 목적은 지식과 지혜의 전달이다. 독자들이 알아서 해석하는 게 무조건 올바른 풍경은 아니다. 내가 말하고자 하는 건, 적어도 눈앞의 지혜는 버리지 말자는 것이다.

책에는 많은 단점이 있을 수 있다. 하지만 배울 점이 없다는 말은 거짓이다. 배우려고 하지 않았을 뿐이다. 어떤 사람의 인생이라도 내가 살아보지 않은 인생들이다. 집중해서 볼수록 얻는 것이 많아진다.

나이키 이사회의 의장인 필 나이트가 쓴 《슈독》을 읽었다. 1960년대부터 1980년까지 자신의 인생과 함께 성장한 나이키의 행방이 자세하게 적혀있었다. 흥미로운 내용도 많이 있었고, 나이키라는 기업에 대해서 자세히 알 수 있는 책이었다. 그런데 이 책에서 나한테 가장 큰 생각을 하게 한 건 나이키의 대담한 모험담이 아니었다.

나에게는 "나는 24살 때 '미친 생각'을 했다."라는 프롤로그의 문장이 가장 와 닿았다. 이 책에서 나에게 가장 큰 감동을 준 건 프롤로그였다. 물론 다른 부분에서도 많이 배웠다. 하지만 당시에 내게 에너지를 주는 글은 프롤로그에 모여 있었다. 세계적인 기업인 나이키 이사회 의장의 젊은 시절에서 내 모습이 보였기 때문이었다.

프롤로그는 많은 사람들이 그냥 스쳐 지나가는 부분이다. 하지만 나는 프롤로그의 거의 모든 부분을 노트에 써 놓을 정도로 깊은 감동을 받았다. 이걸 계기로 큰 동기부여를 받기도 했다. 내 삶의 지지자를 한 명 얻은 느낌으로 살 수 있었다. 책 뒤에는 많은 감동들이 기다리고 있었지만 몇 페이지짜리 프롤로그만으로도 큰 깨달음을 얻었다.

많은 사람들이 경영도서를 '재미없고 어렵다.'고 생각하지만 결코 내가 특이한 건 아니라고 본다. 경영도서에는 회사 대표들의 가치관과 인생이 녹아있다. 거기서 많은 힌트를 얻고 도움을 받을 수 있다. 대중서나 자기계발서도 마찬가지다. 어떤 태도로 읽느냐에 따라서 얻는 내용은 많이 달라진다.

책은 다른 사람의 삶과 경험에서 배우기 위한 물건이라고 생각한다. 글을 평가하기 위해서 존재하는 것이 아니다. 물론 각 책의 세세한 요소들이 좋을수록 훌륭한 책이다. 독자들이 더 쉽고 재밌게 읽는 게 저자와 출판사의 목표다. 하지만 결과물을 잘 흡수하는 건 우리의 책임이다.

책을 평가하려는 태도는 편식과 비교할 수 있다. 편식을 하는 이유는 어떤 음식을 먹어본 경험이 없거나 두려움이 앞서기 때문이다. 또는 먹어봤지만 입맛에 맞지 않아서 꺼리는 것일 수도 있다. 어느 쪽이든 좋은 음식을 두고도 진가를 모른다는 사실은 같다. 우리는 음식의 진가를 깨닫기 위해서 다양한 시도를 할 수 있다. 다른 음식과 곁들여서 먹을 수도 있고 꾸준히 먹어서 편식하던 음식의 진가를 깨달을 수도 있다. 책도 그렇다. 가지고 있는 지혜 혹은 경험을 곁들여 읽거나 꾸준히 읽어서 진가를 깨달을 수 있다.

내가 지금까지 좋은 책들만 골라서 읽었을 수도 있다. 하지만 사람들의 평가가 그렇지 않다고 말해줬다. 나는 운 좋게 좋은 책만 읽은 게 아니다. 안 좋은 책이란 없다. 다만 진가를 알아보지 못 하는 경우만 있을 뿐이다.

책을 평가하려는 사람은 자꾸 결론만 보려고 한다. 저자의 일상이나 삶의 세세한 부분에서 배울 것이 더 많은데도 말이다. 우리는 책을 살 때 저자가 전달하고자 하는 결론 메시지만 사는 게 아니다. 그럴 거면 위인전을 사는 게 낫다. 친절하게 결론 메시지까지 적어주니 말이다.

나는 책의 결론만을 주의 깊게 보지 않는다. 저자의 경험과 사례, 전반적인 삶의 분위기가 더 중요하기 때문이다. 많은 사람들의 경험과 지혜를 얻어서 시행착오를 줄이고 시간을 단축하는 것이 책의 존재이유다. 다양한 경험과 지혜가 없으면 매순간이 새로운 위기로 느껴지기 때문에 당황하다가 일을 그르치게 된다.

이에 비해서 다양한 경험들을 흡수한 사람은 좀처럼 당황하지 않는다. 저자와 같이 몇 십 억의 빚도 져보고 사람한테 배신도 당해봤기 때문이다. 세상에는 별의 별 경험을 한 사람들이 살고 있다. 분명히 누군가는 아직도 "직접 해본 경험이 진짜 경험이야!"라고 말하겠지만 이 말에는 어차피 발전가능성이 없다. 사람의 인생은 80년 정도로 제한이 되어 있기 때문이다. 최대치가 80년인 경험과 무제한적인 경험을 얻을 수 있는 방법 사이에서 고민할 필요도 없다. 현재에 머무르려고 하지 마라.

나는 책 읽는 태도를 통해서 인생을 바꿨다. 그래서 책 읽는 사람은 모두 인생을 바꾸는 줄 알았지만 그렇지 않았다. 독서태도에 차이가 있었던 것이다. 책을 읽고 삶이 바뀌는 원리는 '빅 데이터'와 같다. 많은 정보를 이용해서 더 효과적인 홍보를 하고 시스템을 개발하는 단순한 원리다. 많은 사람의 경험데이터가 있어야 더 여유롭고 효과적인 인생을 개척할 수 있다. 인생을 다르게 살고 싶다면 책 읽는 태도부터 바꿔야 하지 않을까?

나를 괴롭히는
고정관념을 깨뜨리는 법

　　나는 회사 근처에 살고 있는 집이 있었지만 출근하기에는 멀어서 기숙사에 살았다. 나는 기회가 있을 때마다 집으로 갔다. 기숙사는 출근하기는 편했지만 마음 편하게 쉴 수는 없었기 때문이다. 하지만 한 달에 6일 이하로 쉬는 교대근무 일정 때문에 집에 자주 가지는 못 했다. 나에게는 집에서 쉬는 게 진정한 휴식이었다.

　　오후 2시부터 밤10시까지의 근무가 있던 날이었다. 나는 다음 날이 휴무였기 때문에 집에 갔었다. 집에 도착하니 12시였다. 옷을 갈아입고 TV를 보며 야식도 먹고 있었다. 그런데 새벽 1시 쯤, 전화벨이 울렸다. 회사 상사로부터 전화가 왔다. 순간 불안했지만, 아무리 생각해도 뭔가 빼먹은 일은 없었기 때문에 태연하게 전화를 받았다.

"여보세요? 무슨 일이신가요?"

"광영아, 너 자리의 캐비닛이 안 잠겨 있다."

아차 싶었다. 보안 문제로 퇴근할 때는 개인 캐비닛을 잠가야 한다. 솔직히 일주일에 한두 번은 잊어버리고 퇴근하는데, 그 날 걸린 것이다. 그래서 핑계대지 않고 말했다.

"죄송합니다. 앞으로는 꼭 잠그고 다니겠습니다."

그런데 그 다음 말이 내 예상을 벗어났다.

"와서 잠그고 가"

머릿속에서 '네? 뭐라고요?' 라고 수없이 되물었다. 잠깐의 정적이 있자, 상사도 낌새를 눈치 챘는지 어디냐고 물어봤다. 나는 집에 있다고 했다. 집이라면 회사에서 거리가 있으니 상식적으로 출근해서 잠그고 할 줄 알았다. 하지만 답은 바뀌지 않았다. 짤막하게 알았다고 대답했다. 혹시 몰라서 5분정도 다시 전화오기를 기다렸지만 휴대폰은 조용했다.

깊은 한숨을 내쉬며 다시 옷을 갈아입었다. 택시를 부르며 수많은 생각이 교차했다. 물론 캐비닛을 잠그는 건 회사의 보안정책 중 하나다. 하지만 많이들 깜빡한다는 건 나도 알고 있는 사실이었다. 너무 억울해서 택시기사님을 붙잡고 한풀이를 했다. 회사에 도착해서 사무실로 올라갔다. 목에 걸린 사원증에 매달아둔 열쇠로 '철컥' 하고 캐비닛을 잠갔다. 그리고는 다시 택시를 타고 집에 돌아왔다. 캐비닛을 잠그기 위해 2시간이라는 시간과 4만원의 돈이 투자되었다. 이런 생활 속에서 실수를 하면 안 된다는 고정관념은 나날이 커졌다.

너무 억울했다. 남들은 잘만 사는데, 왜 나한테만 이런 일이 벌어지나 싶었다. 하지만 돌이켜보면 나한테만 이런 일이 벌어진 것은 아니었다. 회사는 실수에 민감한 분위기였지만 모든 실수를 잡아낼 순 없었다. 그래서 걸린 사람이 죄송해지는 문화였다. 그래서 더욱 서로 민감하고 예민했다. 대부분의 조직이 비슷할 거라고 생각한다.

이런 문화를 겪으며 나는 점점 빡빡한 사람이 되고 있었다. 친구들과 약속을 잡아도 몇 시에, 어디서, 뭐 하러 만날지 정하자고 했다. 그리고 내가 실수를 하면 엄청난 자괴감이 밀려왔다. 하루에 실수를 한 번만 하는 것도 아니기 때문에 정말 우울한 나날을 보냈다. 그렇게 지쳐가고 있을 때, 정말 중요한 책과 만났다. 뤼디거 융블루트의《이케아, 불편을 팔다》라는 책이다. 거기서 나오는 '이케아(IKEA)' 그룹의 의장인 '잉바르 캄프라드'가 쓴 글이 내 마음에 닿았다.

"실수는 행동하는 자의 권리이다. 실수를 할까 두려워하는 것은 관료주의의 요람이고, 모든 발전의 적이다. 100% 옳은 결정이란 없다. 추진력 있게 일 해보면 그 결정이 올바른 것이었는지 알게 될 것이다. 우리는 실수를 얼마든지 허락한다."

이 글을 읽고 너무나 감격해서 5분 정도 얼떨떨하게 있었다. 지금까지 사소한 실수를 줄이려고 그렇게 발버둥치고 있었는데, 그게 권리라고 해줬다. 고정관념이 간단히 깨졌다. 생각해보니 그랬다. 어디서든 놀고먹으려는 사람들은 오히려 실수를 하지 않았다. 많은 실수들은 그만큼 노력한 증거였던 것이다.

이후에 내 사고방식은 완전히 바뀌었다. 우선 '사람은 실수를 하는 것이 정상이다.'라는 생각을 가지게 되었다. 아무리 완벽한 사람이라도 흠을 잡으려고 하면 끝이 없다. 완벽하려는 시도가 잘못된 일이었다. 또한, 실수를 통해서 성장하는 법을 배웠다. 피할 수 없다면 이용하기로 한 것이다. 나는 실수와 자괴감이라는 악순환을 돌고 있었다. 책이 아니었다면 헤어 나오지 못 했을 거라고 확신한다.

내가 이토록 고통을 받은 것은 고정관념에 갇혀있었기 때문이다. 회사와 상사의 시선으로만 나를 판단했다. 나는 '내가 실수를 했다.'라는 사실 외에 아무것도 보지 못 했다. 지금의 나는 실수를 통해서 '다른 방법은 뭐가 있었을까?', '이 실수를 좋은 상황으로 바꿀 방법은 없을까?', '다음부터 안 하려면 무슨 방법이 있을까?', '다른 사람들은 어떻게 하지? 더 나은 방법으로 개선할 수는 없을까?' 등의 질문과 피드백을 이끌어낸다.

몇 주 전, 카페에서 책을 읽고 있었다. 평화로운 분위기가 마음에 드는 카페였다. 나는 어느 틈엔가 입구 쪽을 응시하고 있었다. 입구에

설치된 유리문을 통해서 길거리에 지나다니는 사람들이 보였다. 그때 문득 깨달았다. 나는 카페에 있는 것이 좋았고 여기서 보는 바깥 거리도 좋았다. 하지만 카페 안에 있으면 아무리 발버둥 쳐도 시야가 제한돼 있다. 다른 거리의 풍경은 볼 수가 없다. 실제 거리는 카페 안에서 보이는 곳 말고도 넓게 뻗어 있다. 다만 내가 보는 거리가 카페의 입구 크기만큼 작아져있을 뿐이었다. 여기서 카페의 입구란, 고정관념이 좁혀놓은 사고의 시야범위다.

고정관념으로 인해 좁아진 시야를 넓혀주는 게 책이다. 책을 읽고 나면 저자의 시야를 얻게 된다. CEO의 시야를 얻거나 저명한 학자의 시야를 얻는다. 과거 또는 현재의 지혜로운 사람들의 시야도 얻을 수 있다. 그래서 책을 많이 읽는 사람은 문제를 파악하는 수준이 다르다. 내 생각으로만 판단하지 않고, 다른 사람의 시야를 활용해서 해결하곤 한다. 그에 비해서 독서를 멀리 하는 사람들은 언제나 허둥댄다. 난생처음 겪어보는 문제를 내 시야로만 바라보기 때문이다. 진짜 문제가 뭔지도 몰라서 제대로 해결도 안 된다. 결국 나중에 똑같은 문제와 대면하며 악순환을 만든다.

의외로 고정관념 때문에 힘든 경우는 많다. 대표적으로 자신에 대한 부정적 의견이나 타인에 대한 오해다. 또한 지금 처한 상황을 보는 제한적 시야 등이 고정관념이 주는 피해다. 독서로 시야를 넓히지 않으면 문제의 답을 모르기 때문에 고통스럽다. 나보다 더한 고난을 극복한 사람의 이야기를 알아야 용기가 생긴다. 전혀 다른 상황에서 자란 사람들의 이야기를 알아야 새로운 문제에 대한 자신감이 생긴다.

이제는 자신의 생각을 넓게 만들어야 한다. 내 생각을 가정, 회사, 국가에 묶어둘 이유가 없다. 자유롭게 시야를 넓히고 고정관념들을 철저히 깨뜨려야 주도적인 삶이 된다. 좁은 시야로 세상을 보고 고정관념에 갇혀있는 사람은 앞으로 나아갈 수 없다. 이제 책을 읽고 생각의 범위와 시야를 넓혀라.

나는 어떻게
경험을 버는가

얼마 전에 친한 친구가 나한테 질문을 했다.

"책 읽으면 도움이 많이 돼?"

이 질문을 듣고 '아, 생각보다 많은 사람이 이런 궁금증을 가지고 있겠구나.'라고 생각했다. 나는 책을 읽으면서 엄청난 효과들을 체험했다. 하지만 이런 나조차도 책을 읽기 전에는 도대체 무슨 효과가 있을지 몰랐다. 책 읽는 사람이 지적이고 멋있어 보여서 읽기 시작했을 뿐이다.

내가 책을 사랑하는 이유는 나의 경험이 되기 때문이다. 나는 도움이 되냐고 물어본 친구에게 이렇게 대답했다. "만약에 나한테 위기가 오거나 힘든 상황이 왔을 때, 저자들의 경험이 나를 도와줘. '어? 그 사람은 비슷한 상황에 이렇게 했었는데?'라는 생각이 들면 좌절보다는 방법이 먼저 보여. 그리고 지금의 내가 어떻게 대기업 회장님들이랑 얘기해보겠어. 하지만 책에서는 전반적인 인생얘기와 조언까지 들을 수가 있어서 도움을 많이 받았어. 무엇보다, 현실에서 어떤 사람의 깊은 이야기를 들으려면 오랜 시간 만나면서 공을 들여야 하잖아. 그런데 책을 사면 고작 2만원도 안 되는 돈을 주고 엄청난 지혜를 얻을 수 있어."

이 말대로다. 독서는 엄청난 경험단축이다. 경험을 단축한다는 건 돈과 시간을 절약한다는 뜻이다. 간단하게 생각해도 앞서나가는 사람의 조언을 들으려면 저녁 한 번 쯤은 사야 한다. 대략 5만 원 정도의 값을 지불하고 적절한 조언 하나를 얻을 수 있는 것이다. 그런데 책은 너무나 파격적이다. 2만원 미만의 돈으로 세계적으로 저명한 사람들의 삶과 조언을 배울 수 있다.

책을 읽는다는 건 사람의 경험을 얻는다는 의미다. 내 방 책장에는 책이 아니라 수많은 사람들의 경험이 있다. 뭔가 조언이 필요하면 생각나는 사람의 조언을 바로 참고할 수 있다. 솔직히 이런 면에서는 부모님이나 지인들보다 든든하다. 우선 양이 많고, 지금까지 듣지 못 했던 경험들이기 때문이다.

많은 사람들이 의외로 책 속에 있는 경험을 활용하지 못한다. 내가 아는 분 중에는 "책 속 이야기랑 현실을 혼동하면 안 돼."라고 하는 분도 계신다. 내 인생에서 가장 이해가 가지 않는 말이다. 왜 위인의 훌륭한 경험은 동화 속 이야기라고 취급하는가? 왜 비좁은 바로 앞의 현실만 진짜라고 착각하는가?

나는 이런 관점이 가장 잘못됐다고 생각한다. 내 기준에서만 세상을 보기 때문에 남의 관점에서는 어떤 세상이 펼쳐지는지 생각하지 못하는 것 같다. 옛날부터 많은 위인들은 내가 하지 못한 경험들을 했다. 내가 이루고 싶은 목표들을 이미 이뤄서 부귀영화를 누리고 있다. 오히려 위인들의 이야기를 인정하지 못하는 게 동화적인 발상은 아닐까.

우리가 어렸을 때 읽는 위인전도 실제로 일어났던 일들이다. 우리와 똑같은 사람으로 태어나서 역경을 딛고 역사에 남을 성과를 이룬 평범한 사람들이다. 관점을 바꿔도 괜찮다. 우리도 역시 위인들과 똑같이 태어났다. 마음먹기에 따라서 역사에 남을만한 성과를 이룰 수도 있다.

무엇이 위인과 우리를 구별할까? 바로 '실천'이다. 이것 말고는 아무것도 없다. 많은 사람이 실패할까봐 가만히 있을 때 지금도 누군가는 실패를 딛고 일어서고 있다. 분명히 그 누군가는 몇 년 뒤에 성공한 사람으로 기억될 것이다. 하지만 우리는 거기까지 보지 못한다. 한 번 실패한 소식을 듣고는 '나도 실패할거야'라고 생각해버린다.

실천을 하지 않으면 어떤 피드백도 오지 않는다. 오히려 가만히 있는 게 훨씬 위험하다. 컵을 만져보다가 떨어뜨려본 사람만이 컵을 집을 때 조심해야 한다는 피드백을 받는다. 불에 살짝 데여본 사람만이 불에 가까이 다가갈 때 데이지 않게 조심한다. 물론 처음부터 성공할 수도 있지만 실패한다고 해도 두려울 것이 없다. 모든 실패는 피드백이고, 성공만이 우리의 진짜 성과이기 때문이다.

책은 실천과 피드백의 과정을 단축시켜주는 추월차선이다. 미리 경험해본 사람들의 이야기기 때문에 팁을 먼저 배우고 시작할 수 있다. 지식의 부재는 배우면 되지만 경험의 부재는 메우기 힘들다. 하루라도 빨리 책을 읽고 실천해보는 과정을 거쳐야 한다.

나는 책에 나오는 다양한 경험과 지혜들이 너무 신기했다. 가령 자세나 태도에 관한 책을 읽으면 그대로 실천해봤다. 그냥 넘기지 않고 직접 해보니, 얻는 것이 많았다. 무의식적으로 이뤄지던 삶이 내가 원하는 대로 통제되기 시작했다. 그 때 알 수 있었다. 성공한 사람들의 태도는 결과가 아니라 조건이었다는 것을.

연구결과를 바탕으로 쓰인 책도 많았다. 처음에는 모르는 단어가 많아서 읽기 어려웠지만 하나하나 공부하며 읽었다. 그리고 다 읽었을 때는 학자의 관점으로 세상을 볼 수 있었다. 삶의 군데군데에서 연구결과의 흔적이 보였다. 이걸 어떻게 나에게 유리하게 활용할지 고민하며 발전했다. 경영서적도 마찬가지다. 세상을 이끌고 있는 기업의 대표들에게 생각하는 방식을 배웠다. 도전하는 정신과 세상을 대하는 태도를 배웠다. 나는 세계적인 리더들에게 삶의 지혜를 가장 많이 배웠다. 그 결과, 나는 소심한 사람에서 비전가로 거듭날 수 있었다.

책은 상대에게 지적인 정도를 자랑하라고 있는 물건이 아니다. 저자들도 자신의 경험을 활용해서 독자들이 더 나은 삶을 살기를 바라고 있다. 그런데 이런 경험을 읽고 썩히는 건 아까운 일이다. 책은 사람이 쓴 물건이다. 주변에 있는 사람들의 말은 잘 들으면서 왜 책에 나온 말은 실천하려 하지 않는가?

나는 책을 읽으면 저자와 함께 시간여행과 해외여행을 한다. 20세기의 미국에 갈 때도 있고, 더 먼 과거의 다른 나라를 체험하기도 한다. 저자가 위기를 겪은 이야기를 해줄 때면 '나라면 어떻게 했을까' 하고 궁리를 해보기도 한다. 책을 읽지 않았다면 평생 해볼 일 없던 생각과 경험들이다.

저자가 뭔가 성취했을 때는 눈물을 흘릴 정도로 감격스럽다. 그 광경에 같이 있던 것처럼 상상 속에서 저자와 손잡고 기뻐한다. 희로애락을 같이 하며 독서를 하고 책을 덮으면 나는 더 성장해있다. 자신의 경험에만 의존하면 세상에는 불가사의한 일이 너무 많다. 책을 흡수한 사람만이 세상을 앞서서 살 수 있다.

나의 독서는 실천과 피드백이라는 과정을 통해서 내 경험으로 흡수된다. 한 권의 책을 덮었을 때는 적어도 20년 정도의 경험치가 내 삶에 들어온다. 책을 한 권씩 흡수할 때마다 세상을 보는 관점자체가 달라진다. 세상이 돌아가는 구조를 생각하게 된다. 흔하게 있던 가게의 운영방식이 궁금해지고, 사람들의 표정이 의미하는 바가 궁금해진다.

사람들의 말대로 실제로 해본 경험보다 가치 있는 건 없다. 하지만 독서라는 입력수단이 없으면 새로운 경험을 만들 수 없다. 그렇기 때문에 책을 읽으면서 실제 경험으로 발전시켜야 하는 것이다. 나는 책의 내용을 실천해보는 것을 '흡수'라고 표현한다. 실제로 해본 경험은 오감으로 기억할 수 있어서 온몸에 흡수되기 때문이다. 지금까지 몰랐던 개념을 실천하는 것이어서 엄청난 효과를 얻을 수 있다. 지금까지와 똑같은 일을 하더라도 어제 책에 나왔던 내용을 활용할 수 있어야 한다. 책을 실제로 활용하는 사람은 흔한 경험에서도 더 많은 것을 얻는다. 하나의 원인을 가지고 남들보다 많은 결론과 피드백을 얻는다. 색다른 결론과 피드백은 시간을 단축하고 시야를 넓히는데 도움이 된다.

독서는 실천과 피드백까지 해야 비로소 완성되는 행동이다. 책의 세상과 내가 사는 세상을 분리하면 안 된다. 서점에 있는 수백 권의 책들에는 치열하게 살고 있는 사람들의 경험이 고스란히 담겨있다. 과거에 살았던 위인의 경험을 얻을 수도 있다. 나의 독서는 고스란히 경험이 되어 효과적인 인생을 만든다. 내가 원하는 삶에 빠르게 다가갈 수 있는 수단이 된다.

다른 사람의 지혜를
활용하라

내가 사회생활을 시작하고 얼마 안 됐을 때의 일이다. 아는 분에게 "기본 지키기가 세상에서 제일 어려워요." 라고 말했던 기억이 난다. 나는 '기본'이라는 게 몇 개의 요소로 구성 돼있다고 생각했었다. 그런데 회사에선 수많은 사람들이 "기본 아니야?"라는 말을 달고 살았다. 아무리 많은 기본을 익혀도 새로운 기본 들이 쏟아져 나왔다.

나는 조용한 편이지만 나만의 지혜를 발견하기 전에는 소심한 사람일 뿐이었다. 그때 몇 명의 사람들이 나에게 "네가 먼저 다가가야 돼. 기본이야."라고 조언해줬다. 처음에는 힘들었지만 억지로라도 그렇게 살아갔다. 이번에는 "좀 사람을 가려서 접근해야지, 기본 아니야?"라고 반감을 보이는 사람이 있었다. 나는 이런 일의 반복으로 상처를 받았기 때문에 조용히 살았다. 그런 나를 보고는 너무 조용하고 존재감이 없다고 눈치를 주는 사람도 있었다. 그래서 적극적인 행동을 하면 어설프다고 면박을 주는 사람이 생겼다. 제대로 하려고 하면 좀 자제하라는 사람이 생겼다. 답이 안 보이는 상황 속에서 헤맸던 기억들이 아직도 뇌리에 선명하게 남아있다. 어정쩡한 생각과 어설픈 행동이 기본들을 지키려던 나의 결과였다.

왜 이런 일이 생겼던 걸까? 나는 두 가지 이유가 있었다고 확신한다. 첫 번째 원인은 나만의 방향성이 없었기 때문이다. 사람들 눈에는 내가 이리저리 헤매는 걸로 보여서 나름대로 조언을 해줬던 것이다. 하지만 사람들에게는 각자의 가치관과 기준이 있다. 분명히 자신의 말을 따르지 않는 내가 답답해보였을 것이다. 나는 모두의 말을 들었으나 누구의 말도 제대로 실천하지 않는 사람이었다. 스스로 방향을 정하지 못하면 어떤 도움도 소용없다.

두 번째 원인은 다른 사람의 지혜를 활용하는 법을 몰랐기 때문이다. 지혜의 목적은 축적이 아니라 활용이다. 나는 사람들에게 지혜를 들었지만 제대로 활용하지 못했다. 인생의 진리를 깨우쳤더라도 머릿속에 담아두기만 하면 소용이 없다. 끊임없이 세상에 적용하며 완성도를 높여야 한다. 나는 다른 사람들의 지혜를 다양한 방면에 적용하는 법을 몰랐던 것이다. 사람들의 조언 속에 얼마나 큰 가치가 있는지 몰랐다. 물이 고여만 있으면 썩듯이, 지혜도 흘러가야 가치가 부여된다.

'인생의 방향성을 기초로 하는 지혜의 효과적 활용' 이 이번 장에서 강조하고자 하는 내용이다. 지혜의 활용을 먼저 익히는 사람에게는 시련이 온다. 결국 사람들에게 휩쓸리기 때문이다. 어떤 배의 지혜로운 선원들이 아무리 노를 잘 저어도, 방향을 모른다면 결코 정확한 도착지에 도달할 수 없다. 그래서 인생의 방향성이 기초가 돼야 한다. 그렇다면 인생의 방향은 어떻게 정확히 정할 수 있을까? 또한 지혜의 효과적 활용이란 뭘 의미하는 걸까?

나는 책을 읽으면서 자연스럽게 삶의 방향을 정했다. 그리고 그 경험을 책에 쓰기 위해 정리하고 다듬었다. 우선 방향성의 중요성을 이해할 필요가 있다. 이는 '롤모델' 이 필요한 이유와 같다. 사람은 각자 다른 환경에서 태어나고, 다양한 환경에서 자란다. 하지만 자신이 되고자 하는 상태나 목표가 있다면 일제히 그쪽으로 향한다. 물이 가득한 욕조의 고무마개를 상상해보라. 마개를 열면 많은 양의 물이 맹렬히 한 점으로 빨려 들어간다. 만약 이 상황에서 흐름에 방해가 생기면 빨려 들어가던 물이 멈출까? 절대 흐름을 바꿀 수 없을 것이다. 잠시 방황하더라도 곧 태세를 가다듬을 것이다. 더 중요한 과제가 있기 때문이다.

지금까지 내가 읽었던 책에는 수많은 사람들이 등장했다. 나는 자연스레 마음에 드는 사람들을 머릿속에 새겼고, 그렇게 되기 위해서만 행동했다. 만약 책에 나온 지혜를 모두 익히려고 했다면 아무런 도움도 받지 못 했을 것이다. 왜냐하면 사람마다 추구하는 가치관이 다르기 때문에 행동에 제약과 모순이 생기기 때문이다. 이게 바로 방향을 기초로 둬야 하는 이유다.

방향을 정한 다음은 지혜의 활용이다. 지혜의 효과적 활용 이전에 애초에 '지혜'란 뭘까? 나는 지혜가 자신이 원하는 삶에 가까이 갈 수 있는 온갖 노하우와 경험, 지식이라고 생각한다. 그저 사물을 이해하기 위해 필요한 지식과는 다르다. 나만의 성취를 이루려면 나의 삶으로는 부족하다. 그래서 다른 사람들의 도움을 받아야 하는데, 이 도움의 형태가 바로 노하우와 경험이다. 지혜는 우리의 삶에 밀접하게 연관돼있다. 지금도 우리는 다양한 형태로 누군가의 지혜를 저장하는 중이다.

지혜는 삶에 실질적인 도움이 돼야 의미가 생긴다. 사실 삶의 방향이 정해진다면 자연스럽게 지혜의 활용법은 알게 된다. 매우 간단하기 때문이다. 지혜는 나만의 방식으로 배우고, 나만의 방식으로 필요한 곳에 쓰는 도구다. 타인이 강요하는 방식으로 배우고 타인이 정해주는 곳에 쓰기 때문에 매번 실패하는 것이다.

지혜를 흡수하고 활용하는 방법은 사람마다 다르다. 나는 보통 읽고 들은 걸 글로 정리한다. 그 중 내 삶에 적용해서 효과가 예상되는 것들만 골라서 나만의 방식으로 변형한다. 그리고 바로 실천해본다. 나는 늘 새로운 도전을 하고 있는 셈이다. 더 효과적인, 더 효율적인 방법을 찾아다닌다. 이 과정을 거치면 외부의 지혜가 '나만의 지혜'로 변한다. 점점 폭넓은 사람이 될 수 있는 것이다.

나는 사람들의 마음에 들기 위해 별짓을 다 했었다. 늘 열심히 살았지만 아무도 나를 인정해주지 않았다. 내 노력의 정도에는 한 치의 부족함도 없었다고 자부한다. 하지만 방향이 잘 못 됐기 때문에 인정받지 못 했다. 인생을 드넓은 초원에 비유한다면, 나는 이리저리 뛰어다니던 사람이었다. 내 근처에 있는 사람들은 '저 사람은 왜 저러지?' 라고 생각했을 것이다. 반면에 자신이 정한 방향대로 질주하는 사람은 멋져 보인다. 도중에 가고 싶은 장소가 생겨도 결코 현혹되지 않고 질주한다. 속도가 줄어들더라도 방향은 변하지 않는다. 주변에 자신보다 더 잘 뛰는 사람이 있으면 분석할 것이다. 이런 사람이 돼야 한다.

책을 읽는 동안에 나는 지혜에 대해서 다시 배우고 활용도 할 수 있게 됐다. 나는 이제 많은 사람에게서 지혜를 얻을 수 있는 사람이 됐다. 사람마다 엄청난 지혜를 가지고 있다는 사실을 알고 깜짝 놀라기도 했다. 정작 본인들은 모르는 것 같지만 나는 만나는 사람들을 보고 나의 지혜와 경험치를 늘려간다.

정확한 삶의 방향이 있어야 한다. 자신을 제외한 모든 것에서 나만의 방식으로 지혜를 익힐 줄 알아야 한다. 내면에서 그 지혜를 소화시키고 삶에 써먹을 줄 알아야 한다. 결국 '살고 싶은 대로 살 줄 아는 사람'이 답이다. 결코 세상에 휘둘리지 말고 사람들에게 휘둘리지 마라. 우리는 모두 지혜로운 사람들이다. 지금까지 지혜의 활용법을 알려준 사람이 없었을 뿐이다. 지금도 늦지 않았다. 방향을 꼿꼿이 세워라. 보이고 들리는 모든 것에서 지혜를 익혀라. 지혜가 당신에게 원하는 성취를 가져다줄 것이다.

07

내 안에 잠든
'진짜 나'를 깨워라

이탈리아의 대표적 예술가, 미켈란젤로의 일화가 있다. 그가 큰 대리석 조각에 달라붙어 작업을 하고 있었다. 마침 근처를 지나던 한 소녀가 작업실에 들어와 미켈란젤로에게 호기심에 찬 눈으로 물었다.

"왜 그렇게 힘들게 돌을 두드리세요?"

미켈란젤로는 소녀에게 이렇게 말했다.

"꼬마야. 이 바위 안에는 천사가 들어 있단다. 나는 지금 잠자는 천사를 깨워 자유롭게 해 주는 중이란다."

많은 사람들이 노력이란, 아무것도 아닌 돌을 두드려서 멋진 조각상을 만드는 과정이라고 알고 있다. 하지만 미켈란젤로는 대리석 본연의 가치를 꿰뚫어봤다. 그리고 자신이 뭘 만들고 싶은지 정확히 인지했다. 나의 생각도 이와 같다. '멋진' 조각상을 만들려는 것은 다른 사람의 기대에 부응하려는 행동이다. 좀 더 자신의 가치를 살필 필요가 있다. 내가 원하지 않는 조각상을 만들기 위해서 시간과 노력을 투자하는 건 무의미하다. 혹여나 시간과 노력을 들여서 완성한 작품이 내 기대에 맞지 않다고 느꼈을 때는 이미 늦는다.

사회생활을 하면 남들이 원하는 모습이 있다. 그런데 남들은 하나의 모습만 바라지 않는다. 내가 카리스마도 있기를 원하면서 착해야 하고, 일도 잘해야 한다. 그와 동시에 술도 잘 마셔야 하고 입담도 있어야 하며 귀찮은 일을 대신 할 성실함도 있어야 한다. 다른 사람은 잘 모르겠지만 나는 이런 모습으로 사는 게 불가능하다고 본다. 아무리 일을 잘 해도 끝에 꼭 "이번 일은 잘 했지만, 좀 더 조심했으면 좋았을 거야."라는 조언이 붙는다. 이 말은 '나와 똑같이 하지 않았기 때문에 100점이 아니야!' 라는 말이다.

나는 처음에 사람들이 요구하는 모습이 되기 위해 독서를 시작했다. 책을 읽으면 많은 장점을 가진 사람이 될 것이라고 상상했다. 실제로 책을 읽을수록 내가 몰랐던 장점들이 눈을 떴고 새로운 세상을 체험했다. 하지만 처음의 상상대로 완벽해질 수는 없었다.

내가 발전할수록 내 머릿속에 상상되는 이미지가 하나 있었다. 큰 바위 속에 있는 미래의 내 모습을 조각하여 꺼내는 모습이다. 미래의 나는 멋진 몸을 가지고 있었다. 또, 멋진 옷을 입고 대단한 일을 하고 있었다. 그리고 오래 지나지 않아서 깨달을 수 있었다. 나는 모자란 상태에서 독서를 통해 발전하는 게 아니었다. 원래부터 위대했던 내 모습을 발견하고 있던 것이다.

지금은 이렇게 생각하지만 예전에는 자신이 마냥 부족하다고 느꼈었다. 사회생활은 개인을 발전시켜주기도 한다. 하지만 올바른 방향이 없으면 수많은 사람들 사이에서 방황하게 된다. 흔히 사회생활을 하려면 잘 적응해서 조용히 살아가는 게 좋다고 생각한다. 그러나 그런 삶은 많은 후회를 남긴다.

나는 이른 회사생활로 처음 사회를 경험했다. 나에 대한 지식과 정보가 없는 상태에서 선배와 상사에게 비난을 들었다. 그리고 그 말들을 자신의 주관 없이 받아들였기 때문에 내가 많이 모자라다고 생각했다. 이렇게 생각하는 건 분명히 나뿐만이 아닐 것이다. 대부분의 사람들이 필요 없는 말까지 새겨 들어서 고생을 하고 있다.

무엇보다 이런 평가를 받은 사람들이 하는 공통적인 행동이 있다. 모두가 요구하는 모습이 되기 위해 노력하는 것이다. 결국 악순환이다. 삶의 주인인 자신이 방향을 잃었기 때문에 주변에서 이래라 저래라 한다. 그 상태에서 노력해봤자 아무 발전도 이룰 수 없다.

나는 어떤 사람이 되고 싶은지 몰랐었다. 사람들의 장점을 보고 부러워했지만, 내가 그렇게 될 수 있을 거라고 생각하지 못했다. 그런데 막상 독서를 통해 '진짜 나'를 깨우고 주변을 보니, 나와 같은 사람들이 많았다. 회사 생활을 하며 회의감이 느껴진다면 자신에게 질문해야 한다. '나는 어떤 모습이 되기를 바라는가?', '왜 그 모습이 되고 싶다고 생각했는가?'라고 물어보면, 내가 누구의 삶을 살고 있었는지 금방 알게 된다.

남의 삶을 사는 인생은 비참하다. 이미 삶의 주인 자격을 잃었기 때문에 내 생각대로 흘러가는 일이 없다. 열심히 했는데 나에게 돌아오는 성과가 없다. 또, 아무도 나의 장점을 알아주지 않는다. 절대로 힘든 것과 노력하는 것을 혼동하면 안 된다. 지금 육체, 정신적으로 힘든 이유는 자신의 삶이 아니기 때문이다. 세상에 자신의 목적을 위해서 노력하는데 힘들다고 하는 사람은 없다. 실제로는 힘들어도 기쁘게 받아들일 것이다.

어떤 장소에 가고 싶은지 알아야 내비게이션에 입력을 하고 엑셀을 밟을 수 있다. 한치 앞이 안 보이는 밤을 상상해보라. 내 차 조수석에 앉은 사람이 혼자 내비게이션을 독차지하며 방향을 지시한다. 그리고 그 사람은 내가 잘못된 방향으로 가면 비난한다. 내 차를 가지고 힘들게 운전하는 사람은 나인데도 말이다. 지금 상상 속에서 자신의 차 조수석에 앉아있는 사람이 당신을 대신해서 삶의 주도권을 가지고 있는 사람이다. 이 사람은 나의 가치관이 분명히 생기면 알아서 물러난다. 인생에서 가고자 하는 방향이 생기면 우리는 어떤 노력이든 기쁘게 할 수 있다. 또, 효율적으로 노력할 힘이 생긴다.

'진짜 나'를 깨우려면 독서를 해야 한다. 만약 책을 읽지 않았다면 나는 아직도 조수석에 앉은 사람에게 끌려 다니고 있을 것이다. 책에는 내가 만나보지 못 한 근사한 사람들이 있다. 그리고 성공한 사람의 자세한 행동거지가 쓰여 있다. 나는 마음에 드는 습관과 행동을 책의 위대한 사람들에게 배웠다. 좋은 사고방식도 습관으로 만들면서 진짜 내가 뭘 원하는지 찾을 수 있었다.

위대한 사람들의 행동이라고 해서 실천하기 어려운 것은 없었다. 그저 성공을 할 때까지 저자들이 연구하고 연마한 행동과 습관들이다. 자신이 생각해낸 생각과 습관도 좋지만, 이왕이면 먼저 길을 가본 사람에게 배우는 게 낫다. 필요한 것은 꾸준히 하겠다는 집념뿐이다.

지금 당장 롤모델의 자서전을 주문해서 읽어라. 만약 롤모델이 없다면 책을 읽으면서 만들면 된다. 책을 읽다보면 어떤 저자가 엄청나게 마음에 들 것이다. 그 사람을 자신의 롤모델로 삼으면 된다. 그리고 그 사람의 행동과 습관을 매순간 실천할 수 있게 노력해야 한다. 그 순간들이 모여서 롤모델의 삶에 다가갈 수 있는 것이다.

더 이상 무엇을 조각할지도 모르면서 남들의 눈에 맞춰 돌을 깎는 것을 멈춰야 한다. 어디에 가든 나의 정체성이 확실한 사람이 물에 희석되지 않는다. 절대로 나를 보여줌에 있어 두려움을 가지면 안 된다. 세상은 타인의 말대로 움직이는 사람보다 '진짜 나'로 살아가는 사람을 더 좋아한다.

나는 사람들의 눈에 맞춰서 살던 사람이었다. 우연하게 그 속성이 회사에 맞아서 취업에 성공했지만 '진짜 나'를 찾은 후에는 내가 바라는 미래와 교차점이 없다는 것을 알고 퇴사했다. 이 세상에 회사는 한 개만 있는 것이 아니고, 화폐를 회사에서 만드는 것도 아니다. 그래서 나는 내가 원하는 자리에 스스로 찾아가기로 했다. 우리가 진정한 정체성을 찾기만 하면 이 세상에 우리를 기다리는 자리는 무조건 생긴다.

나는 미켈란젤로 일화에서처럼, 한 소녀가 내 인생에 대해 물을 때, 대답을 얼버무리는 사람이 되고 싶지 않다. 당당하게 "꼬마야. 이 바위 안에는 진짜 내가 들어 있단다. 나는 지금 잠자는 위인을 깨워 자유롭게 해 주는 중이란다." 라고 말할 것이다.

나는 100권의 책을 읽는 동안 내 안에 잠들어 있는 나를 발견할 수 있었다. 우리는 처음부터 위대한 사람으로 태어난다. 그런데 살면서 많은 사람이 나에 대한 편견을 가지고 판단을 하며 찌꺼기들을 붙인다. 점점 평범한 돌이 되는 것이다. 멋진 조각상이었던 사람들은 점점 누가 더 평범한지 경쟁하기에 이르렀다. 하루라도 빨리 그 경쟁에서 빠져나와서, 본연의 나를 찾아야 한다.

PART

04

———

나를 성장시킨 기적의
8가지 태도

시련에 인격을 부여하지 말자.
이 세상에 시련은 없다. 아기에게는
집에 있는 문지방조차 시련이다.
우리는 이미 수없이 문지방을 넘어봤기 때문에
시련이라고 인식조차 못 할 뿐이다.
이제 독서로 경험을 얻었을 때,
지금의 시련이 얼마나 작아보일지
상상할 수 있을 것이다.

01

나는 책을 통해
살아가는
힘을 얻을 수 있었다

나는 회사에서 근무할 때 변형 3교대 방식으로 일했다. 변형 3교대란, 쉽게 말해서 불규칙적인 3교대 근무다. 보통 교대근무는 일정한 날짜 주기를 두고 일하는 시간대가 바뀌는 형식이다. 그래서 개인의 일정보다 교대근무가 우선순위가 된다. 반면에 변형 3교대로 일을 하면 각자의 일정을 어느 정도 반영할 수 있는 장점이 있다. 하지만 개인의 피로도가 반영되지 않는 단점이 생긴다.

근무는 '데이(Day)', '스윙(Swing)', '지와이(g/y)', '오피스(Office)'로 구별돼 있다. 데이는 아침 6시부터 오후 2시까지고, 스윙은 오후 2시에서 밤 10시까지다. 지와이는 밤 10시부터 아침 6시까지 밤을 꼬박 샌다. 그리고 오피스는 아침에 출근해서 저녁에 퇴근하는 일반적인 근무다.

서로의 사정을 고려해서 근무를 짜다보면 별 상황이 다 나온다. 지와이와 데이 근무 사이에 휴무가 하루밖에 없을 때도 있었다. 이러면 거의 쉬지도 못 하고 다시 일주일을 시작해야 한다. 일주일이 지나기 전에 근무가 바뀌는 경우엔 엄청 피곤한 일주일이 된다. 이런 식으로 한 달에 6일 이하로 쉬는 근무가 반복됐다. 회식 다음 날이면 초주검이 되어 일했고, 지각을 하는 일도 잦았다. 같이 일하는 상사와 선배들이 얼마나 악착같이 일하고 있는지 느낄 수 있었다.

이렇게 시간을 보내다보니 일주일, 한 달 단위로 시간이 흘렀다. 나는 극심한 위기감을 느꼈다. 분명히 상사들도 이러면서 세월을 보냈을 것이었다. 나는 회사에 있는 것으로 안주하지 않는 사람이었다. 남들만큼 살기 위해서 노력하면 평생 평균이하의 삶을 살 것이라고 생각했다. 그래서 남들과 다른 시작을 하려고 애썼다.

이런 생활에서 나의 버팀목은 독서뿐이었다. 책을 읽는 시간에는 지긋지긋한 회사 풍경에서 벗어날 수 있었다. 다른 사람의 인생에 들어가서 새로운 풍경을 볼 수 있고 타인의 지혜와 지식을 가져올 수 있었다. 무엇보다 나를 위해서 시간을 쓰고 있다는 사실자체가 위안이 되었다. 운동도 병행하며 몸과 정신이 회사에 맞춰지지 않도록 노력했다.

많은 사람이 회사에서 월급을 주기 때문에 회사에 몸을 바쳐야 한다고 생각한다. 그런데 이런 생각은 회사를 위한 것도, 나 자신을 위한 것도 아니다. 나는 회사에 충성을 바친다면서 전혀 발전하지 않는 사람들을 수도 없이 봤다. 그들은 결과도 시원찮고, 점점 한숨소리만 커진다. 이제는 튼튼한 '밥그릇'을 얻으려고 노력하면 안 된다. 내가 밥을 지을 수 있는 사람이 돼야 한다.

자기계발은 이기적인 것이 아니다. 자신이 발전하면 회사도 같이 발전하는 결과로 이어진다. 그럼에도 사람들이 지금 상태에 머무르려 하는 건 막연한 두려움 때문이다. 일을 열심히 한다는 핑계를 대면서 자신이 일하는 회사가 무엇을 추구하는지도 모르는 사람이 허다하다. 그래서 윗선에서 오는 지시를 이해하지 못하고 "까라면 까야지."라고 불평한다. 정말로 회사를 위한다면 조직을 발전시키는 방법을 찾아야 하지 않을까? 그러니 독서를 포함해서 자기계발을 한다는 건, 어떤 상황에 처해있더라도 필수라는 것이다.

나는 정신적 역량을 키우기 위해서 독서라는 방법을 선택했다. 그리고 독서할 정신력을 키우기 위해서는 체력도 같이 키워야 하므로 운동도 병행했던 것이다. 다만 나에겐 다른 목표가 있었기에 퇴사했을 뿐이다.

회사를 다니면서 독서를 하는 것은 정말 어려운 일이었다. 특히 나처럼 교대근무를 하는 직장이라면 더 어렵다. 나는 끊임없이 효과적인 방법들을 고민하고 연구했다. 사회생활과 독서를 병행하려면 시간을 확보해야 한다. 자신의 근무시간은 정해져있기 때문에 남는 시간을 활용해야 한다. 남는 시간을 가장 잘 쓰는 방법은 독서를 최우선순위에 올리는 것이다. 나는 처음에 퇴근을 하면 밥도 먹고 샤워도 한 뒤에 책을 읽겠다고 생각했다. 그랬더니 피로감을 이기지 못 하고 잠들어 버리는 일이 많았다. 그래서 밥을 굶더라도, 씻지 못 하고 출근하더라도 독서를 실천했다. 이렇게 생각하고 실천해야 독서에 집중할수 있다.

독서를 최우선순위에 놓을 수 있게 만드는 건, 책을 읽겠다는 의지다. 의지가 없으면 하루가 텅텅 비어있어도 책은 읽히지 않는다. 내가 의지의 중요성을 깨달았던 사건이 있었다. 내가 있던 부서는 출근하면 교대근무자간의 미팅이 있다. 이전 근무시간 동안 어떤 일들이 있었는지 설명을 듣고, 차질 없이 일을 진행하기 위한 미팅이다.

통상적으로, 미팅간의 전달사항은 각자가 노트에 모두 적는다. 다 적으면 일이 많을 때는 A4크기의 종이가 꽉 찬다. 일을 오래하신 상사 분들이나 선배들은 일의 중요도를 금방 파악한다. 그래서 오늘 할 일을 파악하고 외우다시피 한다. 나는 그게 안 돼서 종이를 자주 보면서 일했다. 그런데 이런 행동을 안 좋게 보는 상사들이 많았다.

나는 그럴 거면 뭐 하러 미팅내용을 종이에 적나 싶었다. 하지만 그것도 잠시였다. 내 안에서 독기가 올라왔다. 이런 걸로 맨날 혼나고 불만을 듣는 상황이 짜증났다. 그래서 미팅시간에 핏줄이 터져라 눈을 부릅뜨고 집중했다. 모든 말을 적고 외우려고 노력했다. 모두가 나를 존중하게 만들겠다고 다짐했다.

어느 날 이변이 일어났다. 그 날의 기억이 선명하다. 오전 근무였고, 상사인 E와 내가 단 둘이 일하는 날이었다. 사람들은 나와 같이 일하게 된 상사E한테 힘들 거라고 했다. 그럼에도 그는 나를 믿어주고 격려해줬다. 나는 그에게 무한한 감사를 느꼈다. 오늘 죽더라도 상관없으니 최고의 자신을 보여주고 싶었다.

미팅이 끝나고 일하러가면서 그가 나에게 몇 가지 사항을 물어봤다. 분명히 약간의 테스트를 하는 것이었다. 그 때, 내 입에서 미팅 내용이 술술 나왔다. 이후로도 두세 가지 사항을 더 물었다. 막힘없이 대답했다. 그때서야 알 수 있었다. 나는 A4분량의 미팅내용을 모두 외웠던 것이다.

이 일을 계기로 나는 사람의 의지를 높게 평가하게 됐다. 무언가를 시작할 때 가장 기초적인 요소는 불같은 의지다. 그래서 고도의 집중력을 필요로 하는 책읽기도 의지가 반드시 필요하다. 내가 책을 읽겠다는 의지가 없었다면 아직도 회사에서 빈둥거리고 있을 것이다. '내일부터 읽어야지.' 라고 생각하며 아직도 할 일을 찾지 못 하고 있을 게 뻔하다.

책을 읽기위해서 시간을 확보하고 불같은 의지를 내려면 이유가 반드시 필요하다. 내가 책을 읽는 이유는 단순했다. 책을 읽지 않으면 제대로 된 삶을 살 수 없다는 걸 절실히 느꼈기 때문이다. 우리의 삶은 다른 사람들의 경험을 꼭 필요로 한다. 과거의 사람들이 했던 고생을 똑같이 할 필요가 없다. 책에서 경험과 가치관을 배우고 좀 더 발전된 삶을 누리는 게 지혜로운 방법이다.

나에게 지혜롭게 살아가는 힘을 준 건 책이었다. 책이 없었다면 내 생각은 아직도 우물에 갇혀있을 것이다. 이뤄지지 않을 꿈만 꾸며 로또 당첨자들을 부러워하고 있었을지도 모른다. 책을 생업과 인간관계보다 더 중요한 일로 생각해야 된다. 일도 마치고, 친구도 만나고 오면 책 읽을 시간은 이미 없기 때문이다. 더 나은 자신을 만들어서 지인들과 세상에 보여주는 것이 훨씬 더 중요한 일이다.

책에는 무한한 가능성이 들어있다. 진심을 담아서 읽으면 만화영화같이 저자가 불쑥 튀어나와 조언을 해줄 것이다. 살아가는 힘은 술잔에 들어있지 않다. 하물며 지인들의 조언에도 들어있지 않다. 술은 진짜 현실을 망각하게 하고 지인들은 생각의 틀을 더 굳히는 것밖에 하지 못한다. 나와 다른 경험을 한 사람, 훌륭한 삶을 산 사

람들의 생각을 받아들여라. 이 과정을 통해 자신만의 지혜를 만들어
서 빛나는 사람이 되어라.

02

독서는 거의 모든 시련의 해법이다

내 방 책장에는 지금까지 정성스레 읽었던 책들과 앞으로 읽을 책들이 꽂혀있다. 나는 힘든 일이 있으면 책장에서 아무 책이나 꺼내서 펼쳐보는 습관이 있다. 어떤 책의 어느 장을 펼쳐보더라도 힘든 일을 해결해주는 힌트가 있기 때문이다. 책의 조언을 따르면 어떤 상황도 금방 해결된다. 습관적으로 하는 행동이지만 나도 이런 일이 신기했다. 그래서 어떻게 이런 일이 가능한지 생각해봤다.

우리가 아무리 열심히 책을 읽어도 내용을 모두 외울 수는 없다. 시간이 지날수록 기억이 희미해진다. 그럴 때마다 내 삶에는 잊은 내용과 관련된 시련이 찾아온다. 왜냐하면 시련은 '낯선 상황'이기 때문이다. 그래서 책을 다시 보며 '낯선 경험'으로 대처하는 것이다. 끊임없이 독서해서 많은 경험을 익히고, 점점 높은 시련에 도전하여 발전하는 방식이다.

책 한 권에는 수많은 경험과 정제된 가치관이 담겨있다. 나는 책을 읽으며 낯선 상황과 저자의 가치관, 지혜를 접한다. 그런데 이 기억이 희미해지면 주변에 있던 상황을 보는 시야가 미세하게 좁아진다. 그래서 책을 펴봄으로써 과거에 받았던 조언을 다시 받는다. 다시 받은 조언은 상황을 타개할 지혜 혹은 영감을 준다. 쉽게 말해서 경험의 복습이다.

저자들의 수많은 경험을 다시 보면서 나에게 닥친 '낯선 상황'이 아무것도 아님을 인지한다. 그러면 감정적인 혼란은 없어지고 안정된 상태에서 해결책을 찾을 수 있는 것이다. 시련을 겪을 때 우리를 힘들게 하는 건 시련의 강도가 아니다. 바로 자신의 혼란이다. 사실 혼란스러운 마음과 뒤엉킨 생각만 없앨 수 있다면 위협적인 일은 별로 없다.

세상에는 이미 파산위기를 극복한 사람도 많고, 절망적 인간관계를 개선시킨 사람도 많다. 다른 이의 경험 중 어떤 경험을 내게 적용해볼지 선택하면 된다. 내가 책장을 펼치자마자 힌트를 얻는 것은 착각도 아니었고 막연한 운도 아니었다. 저자의 경험에 집중하며 생각을 정리하는 계기가 된다. 또한 높고 색다른 관점에서 상황을 바라보는 자세로 인해 시련을 극복할 수 있던 것이다.

이제 막 걸음마를 시작하는 아기를 생각해보자. 아기는 주변에 있는 물건에 손을 짚으며 한 걸음 씩 이동한다. 그러다 넘어지기도 하고 사물의 방해도 받는다. 아기에게는 걷는 것조차 시련이다. 이 시련들을 극복했을 때 경험은 폭발적으로 쌓인다. 이윽고 걸음이 익숙해져서 무의식적으로 걷는 수준에 이른다.

우리의 모든 경험과 시련의 원리가 이와 같다. 세상은 우리를 골탕 먹이려고 하지 않는다. 그저 처음 살아보기 때문에 낯선 상황들이 밀려올 뿐이다. 어른이 아기를 보듯이 커다란 시야에서 본다면 아무 일도 아니다. 시련을 겪는 사람에게 필요한 건 기적이 아니라 경험이다. 어떻게 해야 수월하게 해결할지 갈피를 못 잡기 때문에 정신적 스트레스를 먼저 받는 것이다.

나는 책을 접한 순간부터 삶의 위기를 책에게 맡겨왔다. 무책임하게 들릴 수도 있지만 오히려 독서에 의지하는 것이 더 좋은 방법이다. 다름 아닌 '나의 삶'이다. 고집 때문에 위기를 불러와서는 안 된다. 더 나은 방법이 있다면 곧장 실행해야 한다. 그러다보니 책에게 도움을 받을 때 나름의 방법이 생겼다. 도움도 알고 받아야 효과적이기 때문이다. 내가 독서를 하며 시련을 극복할 때 마음에 새기는 요소는 세

가지다.

첫째, 나와 비슷한 상황을 극복한 해결책을 배운다. 저자의 경험들은 우리가 비슷한 난관을 극복할 때 도움이 된다. 시련을 공포영화의 무서운 장면과 비교한다면 이해가 빠를 것이다. 공포영화의 제작진은 관객을 의도적으로 공포에 몰아넣기 위한 장면을 준비한다. 처음 보는 사람들은 감독의 의도대로 놀라서 기겁한다. 반면에 무수히 봤던 사람이라면 애초에 무관심하다. 준비가 되어있기 때문이다. 세상이 우리에게 공포를 주려고 의도하지는 않았지만 우리는 낯선 경험에 대비해야 한다.

둘째, 다른 종류의 삶을 통해 시야를 넓힌다. 살면서 어려움을 겪는 이유의 대부분은 제한된 시야 탓이다. 책은 다른 세상의 이야기를 들려주고 해결책을 제시하기 때문에 많은 도움이 된다. 책을 통해 넓어진 시야는 나에게 많은 걸 주었다. 영감을 주는 경우도 많았고 미래에 일어날 잠재된 문제를 해결해주기도 했다.

셋째, 저자들의 모습에서 숨겨진 나를 발견한다. 지금까지 우리의 몸은 당연히 나만의 것이었기 때문에 무의식적으로 다 안다고 착각하기 쉽다. 하지만 우리의 뇌는 무의식의 영역에서 굉장히 많은 일을 한다고 한다. 그래서 우리는 다른 사람의 삶에서 영감을 얻으며 자신을 계속 관찰하고 발견해야 한다.

결국 시련이 힘들다고 느끼는 이유는 경험과 시야확보의 부족이다. 책이 거의 모든 시련을 극복할 수 있게 해주는 이유다. 하지만 독서의 힘을 모르는 사람들은 앞으로 닥칠 시련을 두려움의 대상으로만 본다. 나도 지금까지 책을 읽지 않았다면 내일은 어떨지, 지금의 위기는 어떡할지 불안해했을 것이다.

내가 좋아하는 말 중에 '하늘은 선물을 시련에 포장해서 준다.'는 말이 있다. 맞는 말이다. 시련은 참고 견디라고 있는 게 아니다. 시련은 극복했을 때의 기쁨과 경험을 얻기 위해 존재한다. 그리고 매일이 새로운 인생인 우리는, 어차피 시련을 극복하며 살아야 한다. 가장 효과적인 방법으로 극복하면서 많은 걸 얻어낼 수 있다면 더 바랄 게 없을 것이다.

우리는 시련을 겪으면 많은 고민과 고통에 휩싸인다. 사실 힘들 때 '생각이 복잡하다.'는 느낌이 우리를 더 힘들게 하는 경우가 많다. 이럴 때 책을 읽으면 정신이 하나로 집중된다. 읽고 있던 책을 마저 읽어도 되고, 나처럼 읽었던 책을 펼쳐도 된다. 요점은 자신에게 많은 질문을 던지고, 고민을 하나로 압축시키는 일이다.

우리는 시련에 맞서는 방법을 모두 책에서 발견할 수 있다. 예를 들어, 나는 항상 미래에 관한 고민이 많은 사람이었다. '앞으로 무슨 일을 하면서 살지?', '내 삶의 목표는 뭐지?', '왜 이렇게 불안하지?', '내 욕심이 과한가?' 같은 고민이 줄지어 따라왔다. 이런 때에 인간관계에 관한 고민까지 나를 덮치며 극심한 스트레스를 유발했다.

나는 이 위기를 수많은 CEO들의 책을 읽으며 해결했다. 유명한 사람들도 답을 모두 알고 행동한 게 아니라는 걸 알았다. 우선 시도해보고 아니면 말았다. 그러다가 들어맞으면 그대로 나아가는 식이었다. 이 사실을 알자, 수많은 고민들은 어느새 없어져 있었다. 아무런 행동도 없이 미래에 관한 고민을 한다는 것 자체가 모순이라는 걸 깨달았다. 고민은 없어졌고, '삶의 목표를 찾기 위해 열심히 살아야해!' 라는 의지가 생겼다.

우리의 시련은 항상 빠른 답을 요구한다. "자, 어떻게 할 거야?"라고 문제를 내는 것 같다. 그러면 우리의 답은 보통 "그러게, 어떡하지?"라는 고민으로 나타나거나, "몰라, 근데 일단 해보지 뭐!"라는 의지로 나타난다. 경험해봤던 일에서는 시련이 오지 않는다. 우리의 몸 상태가 늘 똑같고, 똑같은 상황만 온다면 사람은 실수도 안 할 것이다. 경험해보지 않았기 때문에 우리는 시련을 겪는다. 안절부절 해봤자 상황은 바뀌지 않는다. 가만히 있어도 해결되지 않는 문제임이 분명하다. 그렇다면 뭐라도 해보는 것이 정답이 아닐까?

시련이란, '낯선 상황'에 이름을 붙인 존재다. 우리에게 고의로 고통을 주는 존재는 이 세상에 없다. 처음 겪는 유형의 사람, 처음 겪는 상황, 처음 해보는 일 등이다. 그래서 일단 뭐라도 해보자는 태도가 정답이다. 처음 겪는 일인데 몸까지 안 움직이면 아무것도 해결되지 않는다. 그리고 내가 생각하는 가장 효과적인 행동은 '책을 펴보는 것'이다. 가장 쉽게 많은 걸 얻을 수 있기 때문이다.

시련에 인격을 부여하지 말자. 이 세상에 시련은 없다. 그저 경험하지 못한 상황들만이 존재한다. 더 이상 허둥대면서 세상이 나를 방해한다고 엄살 부릴 필요 없다. 아기에게는 집에 있는 문지방조차 시련이다. 우리는 이미 수없이 문지방을 넘어봤기 때문에 시련이라고 인식조차 못 할 뿐이다. 이제 독서로 경험을 얻었을 때, 지금의 시련이 얼마나 작아보일지 상상할 수 있을 것이다. 시련은 지금도, 앞으로도 우리의 적수가 되지 못 한다.

절박함이
나를 성장하게 한다

나는 회사에 다니면서 너무도 인정받고 싶었다. 부모님은 회사에서 잘 적응하는 줄 아실 텐데, 매일 혼나는 자신이 창피했다. 내가 얼마나 고생을 해도 창피를 당해도 상관없었지만 부모님의 자식인 내가 창피를 당한다고 생각하니 참을 수 없었다. 많이 노력했다. 하지만 방법이 틀렸던 것인지 절망적인 상황은 변하지 않았다.

잦은 지각은 나에게 큰 스트레스였고 지각을 유발하는 술자리도 싫었다. 맡은 일을 잊어버리는 나도 싫었다. 부서에서의 이미지는 끝을 모르고 바닥을 쳤다. 나는 나름 열심히 했지만 내가 노력하는 걸 어필하는 법을 몰랐다. 아무도 모르는 곳에서 보이지 않는 땀만 흘렸다. 사람들은 메일로 왔다 갔다 하는 결과보다는 실제로 보이는 모습

177
제4장_나를 성장시킨 기적의 8가지 태도

을 더 중요하게 본다. 나는 항상 쉬고 있는 모습만 눈에 띄었고 그저 혼자 노력할 뿐이었다.

끊임없이 노력하고 인내하면 언젠가 인정받을 줄 알았다. 그러나 돌아오는 것은 오해와 좌절뿐이었다. 당시에는 융통성 있는 방법을 몰랐다. 노력에 보상이 오지 않아서 나를 절망하게 만들었다. 어느 날, 하루 일정이 끝나고 멍하니 앉아있었다. 내 머릿속을 지배하던 격한 감정들이 폭죽처럼 요란하게 폭발했다. 그러다가 순식간에 고요해졌고, 딱 한 마디가 선명하게 떠올랐다. '그냥 죽는 게 나을까?'

나는 살면서 단 한 번도 극단적인 생각을 해본 적이 없었다. 나를 사랑해주시는 부모님이 계시고, 많지는 않아도 나를 지지해주고 공감해주는 친구들이 있었다. 하지만 내 삶에서 앞으로의 미래가 보이지 않았다. 정말 모든 걸 쏟았지만 결과가 없었다. 앞으로 더 잘 할 자신이 없었고 당장 내일을 맞이할 에너지가 없었다.

이것도 잠시, 생존을 위한 의지가 나를 지탱했다. 나는 포기하기 싫었다. 자식이라고는 나밖에 없는 부모님이 계신다. 그리고 다른 사람들 때문에 내가 포기한다는 게 너무 억울했다. 반드시 세상에 "내가 이겼다!"라고 선포하고 싶었다. 모든 생각이 바닥을 치고 나서야 절박함을 바탕으로 한 집념이 나를 일으켰다. 도서관에서 이 문제를 해결해줄 것 같은 책을 열 권 넘게 뽑아왔다. 그리고 이 책들을 계기로 다시 일어설 수 있었다. 아니, 높게 비상할 수 있었다.

극단적인 생각이 들었을 때, 상상되던 이미지가 있다. 바늘로 탑을 열심히 쌓다가 완전히 무너지는 장면이다. 바늘로 탑 쌓기란 정말 힘들지만 결코 쌓을 수 없다. 내가 하던 노력은 이루어질 수 없는 노력임을 깨달은 것이다. 사람들에게 찰나의 순간이라도 인정받기 위해서 별짓을 다해봤다. 아침에 출근해서 새벽까지 퇴근하지 않은 적도 있었다. 술을 좋아하지도 않는데 과음해서 마시느라 기억이 통째로 날아간 적도 많았다. 계속 비난받으면서도 포기하지 않았다.

나는 절망적 상황을 타개하기 위해 독서를 해결법으로 선택했다. '책이 도움을 줄 수 있을까?' 같은 생각은 안 했다. 본능적으로 집어서 미친 듯이 읽었다. 너무 절박했기 때문에 내가 가진 정신력을 모두 쏟으며 책을 읽었다. 책은 내 정신에 보답을 해줬다. 지금의 삶을 이해해줬고 해결책을 제공했다.

집중력은 독서에서 정말 중요한 요소다. 독서 초반에는 집중이 안돼서 2시간 동안 20페이지도 읽지 못 했던 적도 많다. 하지만 내가 절박해지자, 하루에 100페이지 넘게 읽어나갔다. 속독하는 사람들에게는 대단한 일이 아니겠지만 정독하는 독서초보 입장에서는 기적적인 속도였다. 책의 내용도 더 잘 이해되었다. 모든 걸 배우고 습득하겠다는 각오였다.

결국 나는 인생에서 가장 추락했던 때에, 절박함으로 다시 성장할 수 있었다. 잠깐 책을 읽더라도 책 속에 풍덩 빠질 수 있었다. 나는 이런 깨달음을 큰 위기를 겪고서야 알 수 있었다. 하지만 절박한 마음이 일회성으로 끝나서는 안 된다고 생각했다. 그만큼 다시 겪기 싫은 경험이고, 위기를 일회성으로만 극복하면 똑같은 위기가 다시 오기 때문이다.

절박함을 한 번 겪고 나서 질문이 하나 생겼다. '나는 왜 평소에도 이렇게 열심히 책을 읽지 못 했지?' 라는 의문이었다. 분명히 같은 시간이지만 절박함의 유무는 너무나도 다른 결과를 냈다. 지금의 나는 '오늘'과 '지금'이라는 시간을 굉장히 중요하게 생각한다. 지금 긍정적인 절박함으로 살지 않으면 진짜 위기가 나를 덮친다는 확신이 있어서다. 그래서 긍정적인 절박함을 유지하는 나만의 방법을 만들었다.

그 방법은 시간에 대한 인식을 바꾸는 것이다. 나는 시간에 대한 안이한 인식을 바꾸기 위해서 항상 상상한다. '미래의 내가 너무나도 후회되는 과거가 있다. 그래서 마침 발명된 타임머신에 모든 재산을 쏟아서 지금 이 순간으로 시간여행을 했고, 성공했다. 하지만 부작용으로 인해서 미래의 기억이 지워졌다.' 라는 생각이다.

많은 사람들이 과거를 자주 후회한다. 그런데 곧 과거가 될 '오늘',

'지금'을 후회 없는 순간으로 장식하는 사람은 드물다. 나도 지금 이 순간을 당연하게 여겼었지만 그로 인해 위기를 겪었다. 내일에 관한 막연한 기대를 버렸다. 나에겐 오직 지금만 중요하다. '오늘은 다시 오지 않아.'라고 매순간 생각하며 최선을 다 한다.

'지금'이라는 시간만큼 귀한 순간은 없다. 지금 내 작은 행동에 따라서 미래가 바뀐다. 한 글자라도 더 독서하고 한 걸음이라도 더 발전해야 긍정적인 미래가 있다. 그런데 이 사실을 머리로만 알고 있으면 절대로 실감할 수 없다. 나도 과거에 '시간이 중요하다'라는 말에는 항상 동감했지만 삶을 바꾸기 위해서 노력한 적은 없었다.

결국 나를 성장시켰던 것은 절박함이다. 책을 읽을 때도 최선을 다해서 읽는다. 책을 쓰고 있는 지금도 시간을 알차게 보내려고 노력한다. 지금 절박하게 살지 않으면 미래에 무조건 후회하게 된다. 나는 스스로에게 꾸준히 물어본다. '나는 10년 후에 후회하지 않을 것인가?', '내년에는 후회하지 않을 것인가?', '내일 후회하지 않을 것인가?', '5분 후에는 후회하지 않을 순간을 보내고 있는가?'

나도 예전에는 미래를 너무 멀리 내다보려는 습관이 있었다. 미래는 10년 후인 줄로만 알았다. 이렇게 생각했더니 항상 마음이 느슨했다. 뭐든지 내일로 미루고 일주일 후로 미루려고 했다. 하지만 1초 뒤도 미래다. 아무도 1초 전으로 되돌아갈 수 없다. 아침에 5분 더 늦게 일어나면 그 소중한 5분은 절대 돌아오지 않는다.

절박함을 유지하려면 시간을 보내는 것에 중독되면 안 된다. 미래에 타임머신이 개발되어도 이용할 필요가 없는 인생을 살아야 한다. 시간을 정해서 취미를 즐기거나 여유 있는 시간을 가지는 것은 좋다. 하지만 자신과 합의되지 않은 시간을 보내면 안 된다. 내가 회사에 다닐 때는 무의식적으로 시간을 소비했다. 나도 모르는 사이에 '웹툰'을 보고 있고, '유튜브' 동영상을 하염없이 보고 있었다. 그 결과는 참혹했다.

지금을 절박하게 사는 사람이 나답게 살 수 있는 자격을 얻는다. 시간의 중요성을 깨닫기 때문이다. 짧다면 짧은 인생이다. 지금 하고 싶은 일을 내일로 미룰 시간 따위는 존재하지 않는다. 우리는 한 번밖에 살지 못 한다. 한 번 뿐인 인생을 절망으로 물들이지 마라. 책에는 모든 절망을 극복할 방법이 있으니, 절박한 마음으로 책을 읽어라. 나는 이제 웹툰을 보거나 유튜브 동영상을 볼 시간에 쉴 새 없이 책장을 넘긴다. 만약에 아직도 똑같은 삶을 살고 있다면 얼마나 많은 시간을 낭비했을지 모르겠다.

절박함은 나를 급격히 성장시켰다. 하지만 그 경험을 그냥 넘겼다면 나는 다시 절박함을 겪었을 것이다. 누구도 인생을 어렵게 사는 걸 원하지 않는다. 그러나 인내로만 극복하려고 하면 위기와 인내가 반복되는 인생이 된다. 나는 절박함을 활용해서 성장해왔다. 그 결과, 경험을 이용해서 성장할 줄 아는 사람이 되었다. 시간은 흘러가면 다시 오지 않는다는 걸 기억하면서 살아야 한다. 절박하게 독서해야만 후회 없는 인생이 만들어진다.

지금 시작하기로
결정하라

나는 내 꿈을 위해서 다니던 대기업을 퇴사했다. 퇴사하기 전에는 퇴사절차가 드라마처럼 간단할 줄 알았다. 하지만 실제로는 수많은 면담을 해야 했다. 면담을 하면서 가장 많이 받은 질문은 "서른은 돼야 경험도 있고, 인맥이랑 재산도 쌓이지 않겠나?"였다. 혹은 이런저런 사례를 들려주며 퇴사 자체를 반대하는 의견도 많았다.

이런 질문들에는 대부분의 사람이 공감할 것이다. 서른 중반은 돼야 저축해둔 돈도 있고 사회적 위치도 있다. 많은 인맥도 있기 때문에 어떤 일을 진행할 때 수월할 수 있다. 그렇다면 나는 왜 망설임 없이 퇴사했을까? 그 이유는 오늘 행동하지 않는 사람은 평생 아무것도 못한다고 확신하기 때문이다.

내가 만약 면담을 하면서 상사의 말을 들었다면 어땠을까? 서른까지 회사에 다녔다면 우선 퇴사를 못 했을 것이다. 미미하지만 쌓아온 경력과 힘들게 벌어둔 돈이 있기 때문이다. 결국은 5분만 더 자려는 것과 같은 심리다. 이불 밖이 추울 것 같아서 오늘 할 일을 못 하는 사람과 똑같다. 두려움을 감추기 위해서 '현실적' 이라는 방패로 자꾸 보호하려는 것이다.

살면서 '지금 당장' 시작하는 용기는 정말 중요하다. 새로운 도전을 할 계기가 생겼는데도 도전하지 않는 태도를 주의해야 된다. 왜냐하면 너무도 큰 기회들을 놓치게 되기 때문이다. 내가 만약에 지금도 일하고 있다면 이 책은 다른 사람이 쓰고 있거나 평생 나오지 않았을 것이다. 앞으로 내가 이루고 싶은 일들은 무기한 연기된 채로 사라지고 있었을 것이다.

퇴사 면담 당시에는 왜 지금 퇴사하려는지 말하지 못했었다. 허나 이제는 말할 수 있다. 내가 망설이지 않고 퇴사한 이유는 확실했다. 세상은 방향과 비전만 명확하다면 많은 기회를 준다는 걸 알고 있었기 때문이다. 하지만 나와 면담한 사람들은 보이지 않는 것을 믿지 못하기 때문에 말하지 못했다. 나는 위대한 일을 이뤄낸 사람들의 공통점을 배웠다. 그 공통점이란, 하고 싶은 일을 찾아서 '지금 당장' 실행하는 용기가 있었다는 것이다.

나는 결국 퇴사했고, 꿈을 이루기 위한 활동을 하고 있다. 다들 말리던 퇴사였지만 지금도 앞으로도 후회할 일은 없다. 결코 운이 좋아서 후회하지 않는 게 아니다. 모든 기회는 사람들이 행동을 미루기 때문에 모습을 드러내지 않을 뿐이다. 운동 계획을 짜도 항상 내년부터 시작한다. 독서를 시작해도 다음 달에 한다고 한다. 다이어트도 내일부터 시작한다. 그리고 내일, 다음 달, 내년이 되면 그 다음으로 밀린다. 대부분 영원히 할 수 없다.

내가 다른 인생을 살 수 있었던 비결은 뭐든지 '지금' 시작했기 때문이다. 운동도 바로 시작해서 입던 옷을 못 입을 정도의 성과를 얻었다. 독서도 바로 시작했기 때문에 한 권이라도 더 읽고, 나만의 지혜들을 얻을 수 있었다. 책에서 나온 조언들도 지금 당장 실천했다. 메모를 하라고 하면 A4종이라도 구해 와서 당장 시작했다. 인터넷에서 새로운 지식을 보면 '오, 이런 것도 있구나!' 하고 끝내지 않는다. 당장 해보고 오늘부터 적용한다.

사람들은 미래가 오는 것을 너무 당연하게 받아들인다. 그래서 많은 일을 내일로 미룬다. 내일은 지금까지와 같이 당연히 오기 때문이다. 혹은 다음 달, 내년, 10년 후로 미룬다. 이런 마인드를 깰 수 있는 말을 들은 적이 있다. 페이팔의 창업자인 '피터 틸(Peter Thiel)'이 자주 하는 질문이다. '피터 틸'은 10년 걸리는 계획을 가지고 있다면,

"아니, 왜 이걸 6개월 안에는 해낼 수 없는 거지?" 라고 묻는다고 한다. 처음 이 글을 읽었을 때는 솔직히 과장이라고 생각했다. 하지만 생각할수록 공감되는 말이다. 실제로 많은 사람의 계획은 10년 까지 걸릴 일이 아니다. 그저 달성하기 위한 도전이 지연되고 있을 뿐이다.

나는 독서를 시작한 후부터 인생이 바뀌기 시작했다. 그래서 주변 사람들에게 책을 읽으라고 권하면, 읽을 시간이 없다고 한다. 그런데 내가 본 사람들은 시간이 없지는 않아 보인다. 대표적인 예로, 지하철의 승객들이 있다. 나는 지하철을 자주 타는 편이다. 보통 지하철 한 칸의 좌석이 꽉 차고, 약 10명의 승객이 서있다. 세어보니 지하철 한 칸에 타는 인원은 특정시간대를 제외하면 언제나 70명 정도다.

시간이 없던 사람들은 지하철에서 잠을 자거나 휴대폰 게임을 하며 시간을 보낸다. 승객들은 70명이나 되지만 이 중에서 책을 읽는 사람은 언제나 2~3명밖에 없다. 많은 책에서 말하는 성공자들의 비율 또한 3~5%인 걸 보면 납득이 간다. 70명 중 2명도 3%이기 때문이다. 지하철 안에서도 사람 간의 격차가 벌어지고 있는 것이다. 그래서 나는 나와 같이 책 읽는 사람들에게 마음속으로 말한다. '정상에서 만나요!'

나는 시간이 빌 때 책을 읽으려고 항상 책을 가지고 다닌다. 절대 안 읽을 것 같아도 우선 가지고 나간다. 그러면 휴대폰으로 딴 짓을 하더라도 마음을 다잡고 독서할 수 있기 때문이다. 그 책들은 몇 배의 결과로 나에게 보답한다. 독서는 단순한 취미 생활이나 취향 차이가 아니다. 분명한 격차를 만드는 도구다. 이 세상에서 가장 큰 격차는 꿈과 경험의 격차다. 그리고 꿈과 경험은 둘 다 책에서 나온다.

독서는 지금 당장 시작해야 한다. 일주일에 한 권씩 읽지 못 할까 봐 불안한 것인가? 그런 고민은 지금 한 글자도 안 읽고 있는 사람이 할 고민이 아니다. '지금'이라는 순간은 인생에서 가장 젊은 날이다. 그리고 내가 행동할 수 있는 유일한 시간이다. 그 시간을 부디 가치 있게 썼으면 좋겠다. 책을 지금 읽기로 결정할 수 있는 사람이 인생을 주도한다.

사람들은 가능성을 따지는 것이 합리적이고 이성적이라고 생각한다. 하지만 미래는 아무도 예측할 수 없다. 우리는 오직 지금만 마음대로 움직이고 생각할 수 있다. 그렇다면 하고 싶은 일을 찾고 도전해 보는 것이 최선이지 않을까? 나는 그렇게 생각하면서 살고 있다. '이 또한 지나가리라'라는 말을 두려움을 합리화 하는 데 사용하지 말아야 한다.

만약에 시간을 다시 돌릴 수 있다면, 돌아가고 싶은 순간이 있는가? 나는 절대로 돌아가지 않겠다. 최근 3년 간 많이 힘들었고, 독서를 통해 극복해냈다. 지금은 내가 살고 싶은 모습대로 살고 있다. 열심히 건강을 관리했고 책을 읽어서 많은 의식의 발전을 이루었다. '지금 당장!'을 외치며 나를 수없이 채찍질한 결과다. 다시는 초라했던 모습으로 돌아가기 싫다.

그리고 후회 없는 인생을 사는 가장 좋은 방법은 단 하나다. 뭐든지 '지금 당장' 실행하는 것이다. 10년 후에 하고 싶은 일을 지금부터 해보자. 건물을 사고 싶었다면 당장 부동산을 배워보고, 책을 쓰고 싶었다면 나처럼 〈한책협〉에 와서 바로 쓰면 된다. 인생에는 언제나 방법들이 있다. 행동하지 않았기 때문에 막막할 뿐이다. 언제나 하고 나면 별 것 아닌 일들이 많다.

나는 퇴사할 때도 망설이지 않았다. 미래를 걱정하지 않았다. 다만 내가 정말로 이 일과 작별하고 싶은 것인지 자신에게 끊임없이 물었다. 마음속의 나는 이 일이 싫다고 대답했다. 그거면 충분하다고 생각한다. 어차피 내가 가는 곳에 길은 열리게 돼있다. 후회하지 않으려면 자신의 마음을 최우선으로 여겨야 한다.

내가 책을 읽고 발전할 수 있게 한 태도는 지금 당장 시작한다는 마음가짐이었다. 항상 책을 들고 다니는 것으로도 충분하다. 옆에 사람이 없고 한 손이 비었다면 어디서든 책을 꺼내 읽을 수 있어야 한다. 마음에 드는 문장이 나오면 흘리지 말고 바로 휴대폰에 메모할 수도 있어야 한다. 그것도 안 되면 사진을 찍어도 된다. 다시 말하지만 방법은 무수히 많다.

'지금 당장'이라는 말을 입에 달고 살라. 지금 시간이 가면 다시는 돌아오지 않는다는 걸 직시해야 한다. 삶에서 핑계를 배제하는 것만큼 중요한 건 없다. 내가 독서로 나답게 살 수 있었던 이유는 별 것 없다. 누워있는 자리를 박차고 일어나는 용기가 있었기 때문이다. 우리에겐 지금 시작하기로 결정하는 능력이 있다. 그 능력을 가지고 뭘 할 것인지 정해보자.

05 읽기만 하는 독서는
버려라

나는 중학생 때 친척누나에게 다섯 권의
책을 선물로 받았었다. 책을 읽어본 적이 거의 없었기 때문에 매우 느
린 정독을 했다. 나는 중학생 시절에 머리가 좋은 사람이 책을 빨리
읽는다고 생각했었다. 당연히 느리게 책을 읽는 내 습관이 기분 나빴
다. 그래서 내용을 조금 놓치더라도 빨리 읽기로 했다. 두 권은 정독
했고, 나머지 세 권은 내 바람대로 빠르게 읽었다. 순식간에 종이를
넘기는 기분이 좋았다. 하지만 내 머리에는 종이를 넘긴 기억밖에는
남아있지 않았다. 정말 좋은 책이었는데 내용이 하나도 기억나지 않
았다.

이런 경험이 있기 때문에 책을 읽어야겠다고 생각했을 때, 내용을
중요시 여겼다. 나에겐 모든 책이 소중했다. 정성들여서 읽어놓고 내

용을 잊어버리기 싫었다. 독서를 할 때면 책 옆에 노트와 펜을 두고, 주기적으로 내용을 정리하며 독서했다. 책을 다 읽고 세세한 독후감까지 쓴다. 한 번 읽은 책을 잊지 않겠다는 다짐이었다.

나의 메모습관은 신정철 작가의 《메모 습관의 힘》을 만나고 더 진화했다. 저자는 세세한 기술만 알려준 게 아니라, 메모로 삶을 더 효과적으로 사는 법을 알려줬다. 내 삶은 점점 메모로 물들어갔다. 책을 읽으며 마음에 드는 문장을 메모했다. 일상에서 스쳐가는 생각도 모두 메모했고, 불현 듯 떠오르는 아이디어도 메모했다. 즉, 살면서 일어나는 일을 최대한 메모하는 삶이 만들어진 것이다.

마음에 드는 문장이 있으면 노트에 그대로 베꼈다. 여기에 문장에 대한 내 생각까지 모조리 적었다. 때로는 마음에 드는 문장이 한 페이지가 넘는 때도 있는데, 망설임 없이 적었다. 길을 걷다가도 어떤 생각이 머리에 스치면 휴대폰 메모장에 적었다. 아이디어도 적고, 있었던 일도 적었다. 이게 무슨 소용인가 싶겠지만 효과는 상상을 초월한다. 메모하는 습관은 삶의 농도를 짙게 만든다. 똑같은 경험을 해도 메모하는 쪽이 더 알찬 경험이 된다.

사람은 하루를 살아도 생각보다 많은 생각을 하면서 보낸다. 마음속으로 뒷담화를 할 때도 있고, 아이디어가 떠오를 때도 있다. 또는 의미 없는 생각을 할 때도 있다. 특히 책을 읽으면 다른 관점을 경험하기 때문에 많은 생각을 하게 된다. 어떤 말에 감탄하고, 그에 대한 자신의 의견을 생각한다. 어떤 문장을 이해하기 위해 집중해야할 때도 있고, 저자의 의견에 동감하지 않으며 이유를 찾기도 한다. 우리는 이런 보물들을 모두 잡아야 한다. 자신의 생각을 모두 알고 있다는 고정관념을 버려야 한다. 우리의 뇌는 생각보다 많은 보물을 낳는다.

내가 퇴사한 후의 일이다. 퇴사 후에 한 달 정도는 편하게 쉬었다. 그러면서도 '뭘 해서 성공할까?' 라는 질문을 수없이 던지고 고민했다. 하지만 구체적인 답이 나오지 않았다. 정말 성공하고 싶었다. 성공할 수 있으면서 내가 잘 하는 일을 찾아야 했다. 답을 알 것 같으면서도 떠오르지 않으니 답답했다.

그러던 어느 날, 늘 책을 읽을 때 옆에 뒀던 노트를 펼쳤다. 내 독서의 행보가 녹아있는 노트이기 때문에 힌트를 얻을 수 있을 것 같았다. 천천히 넘기면서 추억에 잠겨있었는데, 마지막 장을 보고 크게 웃었다. 노트에는 책을 쓰고 싶다고 적혀 있었다. 묵은 때가 씻겨 내려가는 느낌이었다. 회사에서 일하는 동안에 잊었던 것뿐이다. 나는 이미 엄청나게 많이 고민했었다. 그 답을 써놓고도 찾고 있었다. 하지만 이 노트가 없었다면, 얼마나 더 돌아갔을지 모르겠다.

이렇듯, 메모는 숨겨진 나를 발견하게 해준다. 예전에 썼던 일기를 볼 때, '내가 이런 생각을 했었어?' 라고 느끼는 것과 같다. 우리는 끊임없이 자신을 파헤칠 필요가 있다. 메모를 하면 더 오래 기억에 남고, 메모끼리 더해져서 새로운 가치를 창출한다. 또한 나도 모르던 생각을 발견해서 기회로 이어질 수도 있다.

책을 읽을 때, 읽기만 하는 독서는 한글연습에 불과하다. 다른 책을 읽다보면 이전에 읽은 책은 기억저편으로 사라진다. 책을 읽었던 시간과 좋은 생각들이 모두 날아가는 것이다. 그렇다고 해서 책을 베껴 쓰듯이 무식한 메모를 해서도 안 된다. 시간이 과하게 쓰이기 때문이다. 그렇다면 어떻게 메모해야 효율적인 독서가 될까? 나는 이런 고민을 하면서 나만의 메모법을 발전시켜왔다. 내가 100권을 읽으며 다져온 메모법 다섯 가지를 소개한다.

첫째, 이해가 잘 안가거나 두꺼운 책은 내용정리를 하면서 읽는다. 생소한 개념의 책을 읽으면 이해가 안 가는 것이 당연하다. 가끔은 늘 읽던 분야의 책도 이해가 더디거나 내용정리가 머릿속에서 잘 안 되는 경우가 있다. 이럴 때는 모르는 단어를 검색하는 등의 방법을 써서 내용을 완벽하게 이해해야 한다. 그리고 이해한 내용을 책 귀퉁이 혹은 노트에 적는 것이 정답이다. 이해가 안 됐던 내용이 검색 조금 해봤다고 머리에 각인 될 수는 없다. 어려운 일도 아니기 때문에 꾸준히 내용을 정리해줘야 한다.

둘째, 마음에 드는 문장에 밑줄을 치면서 읽어야 한다. 보통 사람들은 책을 읽으면서 마음에 들면 감탄하고 넘어간다. 매우 잘못된 자세다. 밑줄을 칠 수 없다면 책장이라도 접어야 한다.

마음에 드는 문장은 현재 자신의 상황을 대변해준다. 또, 현재 상황에 도움이 되는 말이 직관적으로 눈에 띄는 경우도 있다. 자신을 파악하거나 상황을 극복하는 힌트가 될 수 있기 때문에 마음에 드는 문장에는 밑줄을 쳐야 한다. 그리고 처음 읽을 때 한 번, 밑줄을 칠 때 한 번, 확인할 때 한 번. 총 세 번이나 읽을 기회이기 때문이다.

셋째, 내 생각을 모두 적어야 한다. 책을 읽는 시간은 정적인 시간인 경우가 많다. 다른 사람의 의견을 접하기 때문에 생각이 가장 많이 활발해지는 시간이다. 스치는 생각을 가능한 만큼 잡아야 이득이다. 마음에 드는 문장에 밑줄을 치고서, 왜 마음에 들었는지 이유까지 파헤친다면 더할 나위 없다.

어떤 의견에 대해서 토론하듯이 내 주장을 쓰는 것도 좋은 방법이다. 책에서 어떤 조언을 듣고 어떻게 일상에 적용할지도 직접 써야 한다. 또는 주제에 전혀 상관없는 생각을 메모해도 괜찮다. 분명히 앞으로 자산이 될 것이다. 이렇게 메모 하다보면 확실히 사고력이 증진되는 것을 느낀다. 자연스럽게 내 생각을 의식하고, '왜?' 라고 나에게 질문하는 것이 자연스러워 진다. 이렇게 되면 자신에 대해서 더 빨리 알 수 있다.

넷째, 다양한 방법으로 메모해야 한다. '메모' 라고 하면 보통 글 형태로 적는 것을 상상한다. 하지만 그림형태로 정리해도 좋고, 마인드맵도 좋다. 메모의 핵심은 글씨를 많이 적는 것이 아니다. 내가 이해하기 편하고 더 많은 생각을 불러오는 것이 핵심이다. 나도 어떤 글이 너무 길 때 혹은 이해가 어려울 때, 그림이나 도표, 그래프 등으로 메모한다.

다섯째, 독서할 때가 아니더라도 모두 메모해야 한다. 독서라는 활동이 정적인 활동이기 때문에 메모할 기회가 많아지는 것 뿐 이다. 메모는 최대한 생활에 밀착 될수록 이득이다. 버스를 기다리면서, 지하철을 타면서, 친구를 기다리면서도 메모는 쉬지 않아야 한다. 하지만 말이 이렇지, 막상 밖에 나가면 책을 읽을 때 보다는 생각이 많이 스치지 않는다. 부담스러워 하지 말고 우선 시작해보자.

메모의 목적은 글의 내용을 잘 익히거나 이해하는 것이다. 하지만 그 이상의 목적이 있다. 계속 강조되었듯이, 나의 생각을 잡는 것이 핵심목표다. '지피지기 백전불태(知彼知己 百戰不殆)' 라는 말이 있다. 상대를 알고 나를 알면 백 번을 싸워도 위태롭지 않다는 뜻이다. 우리는 상대는 잘 평가하지만 정작 자신을 모른다. 내가 무슨 생각을 하는지 모르는 사람들은 고민이 많고 위기가 많다. 앞으로의 목표가 뚜렷하고 내가 어떤 생각을 하는지 아는 사람들은 눈빛부터가 다르다.

나를 알 수 있는 가장 좋은 시간은 책 읽으며 메모하는 시간이다. 이 귀한 시간을 그저 글자를 읽는 시간으로 보내서는 안 된다. 메모를 하라는 조언은 여러 저자가 다루고 있는 만큼 중요한 일이다. 책 근처에 펜이 있는 사람이 미래의 승자라는 사실을 명심하자.

행동이 없다면
결과도 없다

세계적인 리더십 전문가인 '존 맥스웰'의 아버지는 아들에게 이런 질문을 자주 했다고 한다. "통나무 위에 개구리 다섯 마리가 앉아 있었어. 그 중 네 마리가 뛰어 내리기로 마음먹었어. 그러면 남은 개구리는 몇 마리일까?" 그가 처음으로 이 질문을 아버지한테 받았을 때는 "한 마리!"라고 큰 소리로 대답했다고 한다. 하지만 그의 아버지는 "아니, 다섯 마리야. 왜냐고? 마음먹는 것과 행동하는 것은 다르기 때문이지!"라고 하며 행동의 중요성을 자주 상기시켰다.

실제로 우리 삶에는 행동이 차지하는 비율이 절대적이다. 위 이야기에 나왔던 뛰어내리기로 마음먹은 개구리 네 마리는 항상 고민만 하는 사람을 지칭한다. 결국 개구리의 머릿속은 복잡하겠지만 겉보기에 아무 일도 일어나지 않았다. 만약에 그 중 한 마리라도 뛰어내렸다면 결과는 달라졌을 것이다. 분명히 나머지 네 마리도 자극을 받아서 뛰어내렸을 테니까 말이다.

독서도 마찬가지다. 아무리 좋은 책을 읽어도 머릿속에만 담아두면 아무 일도 일어나지 않는다. 나도 처음 책을 읽을 때는 느끼기만 했던 사람이다. 하지만 한 권의 책이 나를 바꿨다. 그 책은 일본의 퍼스트클래스 담당 승무원으로 근무했던 '미즈키 아키코'의 《퍼스트클래스 승객은 펜을 빌리지 않는다》이다. 이 책에는 자신이 승무원으로 근무하며 배웠던 퍼스트클래스 승객들의 습관이 적혀 있다. 저자는 성공한 사람들의 습관을 익히고 마인드를 배웠다. 그리고 지금은 승무원의 교육을 담당하는 회사를 창업하여 CEO가 되었다.

저자는 승객이 멀리서 걸어오는 모습만 봐도 어느 등급의 승객인지 구별할 수 있다고 했다. 퍼스트클래스 승객들은 행동거지 자체가 당당하기 때문이다. 또한 그들이 사람을 대하는 태도, 준비성 등도 나열했다. 책을 읽으면서 나는 스스로가 부끄럽게 느껴졌다. 아무것도 해당되는 게 없었기 때문이다. 그래서 나도 이들의 습관을 몸에 익히기로 했다.

잠깐 앉아도 허리를 펴고 앉았다. 걸어갈 때는 몸이 일직선이 될 수 있도록 당당하게 걸었다. 언제나 어깨를 펴고, 사람을 대할 때 최선을 다했다. 펜과 노트를 언제나 가지고 다니는 노력도 했다. 그러자 내 삶에 커다란 변화가 시작되었다. 당당한 자세로부터 서서히 자신감이 차올랐다. 변해가는 내 태도에 따라서 사람들이 나를 대하는 태도도 달라졌다. 펜과 노트를 가지고 다님으로써 놓치는 일을 줄여, 신뢰도를 유지했다.

누군가는 이 책을 읽고 '당연히 지위 높고 돈 많으신 분들이니까 당당하겠지!' 라고 생각할 것이다. 하지만 나는 책에서 말하는 습관들을 그대로 실천했다. 덕분에 저자가 말하는 것이 사실이라는 걸 증명했다. 나는 지금, 자세를 바르게 하고 생활하는 것에서 자부심을 느낀다. 또, 남들과 다르다는 특별함을 느낀다.

이 책은 꽤 많이 팔렸지만 주위에는 이렇게 행동하는 사람이 여전히 드물다. 실제로 내 지인 중에도 같은 책을 읽은 사람이 있지만 나와 같은 것을 얻지는 못 했다. 같은 책을 읽고도 비판을 하는 사람이 있는가 하면 나처럼 인생을 바꾸는 사람도 있다.

내가 삼성전자에 갓 입사한 신입사원이었을 때의 일이다. 처음 선배들에게 일을 배우는데 너무 생소한 일들이었다. 그래서 최대한 집중을 해서 들었기 때문에 이해는 잘 했었다. 그래서 실제로 해보려고 했는데 아무것도 기억이 나지 않았다. 선배에게 너무 죄송했다. 분명히 집중을 했고 이해도 했는데 정작 써먹질 못 하니 말이다.

이런 일이 반복되어, 급기야 실제로 일을 할 때 기억이 안 나는 업무도 있었다. 당연히 많이 혼났다. 회사에서는 월급까지 주며 가르치는데 한 사람 몫도 못 하니 답답했을 것이다. 이런 경험이 쌓여서 나중에는 배울 때 "직접 해봐도 될까요?"라고 물어봤다. 습관이 안 되어 매번 그러질 못 했지만 확실히 직접 해본 업무는 절대 잊히지 않았다.

내가 초반에 업무를 숙지하지 못했던 이유는 배운 것을 행동으로 옮기지 않기 때문이다. 독서도 마찬가지다. 아무리 공감되는 내용을 읽어도, 도움이 되는 내용을 읽어도 실천하지 않으면 모두 물거품이 된다. 책의 내용뿐만 아니라 독서를 위해 했던 노력과 투자한 시간도 같이 날아가 버린다. 책을 읽는 건 쉬운 일이 아니다. 높은 집중력을 필요로 한다. 머릿속에 잡념이 많아서 집중하지 못할 때면 나도 한 장도 읽지 못 한다. 그런데 이런 공을 들이고서 아무것도 얻지 못 한다면 억울하지 않은가?

책의 내용을 실천하는 요령은 별 것 없다. 읽은 내용을 '모두 다' 직접 해보면 된다. 당연히 환경도 다르고 성격도 다르기 때문에 나와는 맞지 않는 것도 있다. 오히려 그렇기 때문에 다 해보는 것이다. 내게 맞는 저자들의 행동은 그대로 실천하면서 경험치를 쌓아야 한다. 그리고 나와 맞지 않는 사항은 스스로 생각해서 보완하거나 방법을 찾아야 한다. 이 과정에서 더 성장할 수 있기 때문이다.

나는 마빈 칼린스와 존 내버로의 《FBI 행동의 심리학》을 읽은 적이 있다. 이는 저자가 FBI에서 근무한 경험을 토대로 쓴 책이다. 사람의 사소한 몸짓을 통해서 심리를 예측하는 방법을 소개한다. 그런데 이 책의 토대가 된 경험들은 거의 범인들이 대상이었다. 보편적으로 생각하면 현직 경찰관들에게 도움이 되는 책이다. 또는 사람들을 많이 대하는 사람이 읽을 책이다.

하지만 나는 이 소중한 지식을 날려버리고 싶지 않았다. 책을 읽기 위해서 투자한 내 시간과 노력이 아까웠다. 어떻게 사용할까 고민하다가 간단한 답을 도출했다. 그냥 일상생활에 쓰자는 것이었다. 나는 지금도 낯선 사람을 만날 때도, 친구들을 만날 때도 가끔씩 행동의 심리학을 이용한다. 내가 상대에게 이야기할 때면 상대가 지루해하지는 않는지 관찰한다. 그리고 상대가 나를 어떻게 생각하는지 파악할 때 유용하다. 이 습관은 나에 대한 사람들의 신뢰도와 감정을 상하지 않게 하는데 도움을 주었다.

즉, 책의 내용이 중요한 것이 아니라 책을 읽고 실천하겠다는 마음가짐이 중요하다. 어떤 내용이든 최선을 다해 살아온 사람의 기록이라는 걸 명심해야 한다. 그리고 이런 마음가짐은 책을 읽을 때만 쓰이지 않는다. 결국 책은 사람이 쓴다. 살면서 어떤 사람을 만나도 나름대로 힘들게 살아왔던 사람이다. 그래서 나는 모든 사람에게 배운다.

'준비된 제자에게는 스승이 나타나기 마련이다.' 라는 말이 있다.

마음을 열고 세상을 살면 널린 게 스승님이다. 지인들의 장점을 배우고, 책의 메시지를 적극적으로 배워야 한다. 그리고 행동으로 실천해서 체득하는 사람은 항상 최고의 결과를 얻는다.

우리는 항상 좋은 결과를 바라며 산다. 나도 사람들이 모두 나를 좋아해줬으면 하고 간절히 바랐었다. 다른 사람들처럼 인정받고 싶었다. 무엇보다 나답고 당당하게 살고 싶었다. 하지만 당시의 나는 바라기만 할 뿐이었다. 결과를 내기 위한 행동을 해야만 원하는 결과가 나온다.

행동이 없다면 결과도 없는 것은 세상의 기본 원리다. 길가에서 보는 나뭇잎도 빛을 제대로 받아들였기 때문에 산소 배출과 같은 결과를 낼 수 있다. 특별한 경험과 특별한 사람에게서만 대단한 것을 배울 수 있다고 생각하지 말자. 우리의 삶은 배움으로 넘쳐난다. 다만, 삶 곳곳에서 배울 수 있는 사람이 제한돼 있을 뿐이다.

마음이 열려있으면 실천은 자동으로 따라온다. 독서를 취미로 하거나 문화생활의 용도로 하는 사람도 있다. 하지만 그건 시간으로 사치를 부리는 것이라고 생각한다. 책에는 삶을 발전시키고 변화시키는 힘이 있다. 적극적인 실천을 통해, 책에서 전하고자 하는 메시지를 흡수하는 사람이 더 알차게 살 수 있다. 또한 모든 배움으로부터 피드백을 얻어서 더 발전된 내일을 맞이할 수 있다.

기회를 얻는
선택의 기술

어렸을 때 친구들이랑 장난감 총을 가지고 놀았다. 우리는 그걸 'BB탄 총'이라고 불렀다. 우리는 'BB탄 총'으로 서바이벌을 하거나 뭔가를 맞추고 놀았다. 나는 맞출 물건을 찾다가 거실의 형광등 스위치를 맞춰보겠다고 생각했다. 그런데 아무리 쏴도 맞지를 않았다. 그러다가 별로 기대하지 않고 쏜 한 발이 스위치에 맞아서 엄청 기뻐했던 기억이 난다.

내가 만약에 중간에 안 맞는다고 포기했다면 영원히 못 맞췄을 것이다. 그저 맞추겠다는 생각하나로 꾸준하게 쐈기 때문에 한 발 정도는 맞았던 것이다. 인생에서도 이루고 싶은 목표가 있을 때, 현명한 선택은 'BB탄'과 같은 작용을 한다. 현명한 선택이란 어떤 상황에서의 결단을 의미한다. 사실 결단을 할 수만 있다면 뭐든 현명한 선택이 된다. 대부분의 고통은 선택하지 못하는 애매함에서 오기 때문이다. 그리고 이러한 결단력을 키워주는 도구가 책이다.

많은 사람들이 '가능성'에 대해 두려움을 토한다. 어떤 일을 시작할 때, 성공할 확률이 얼마나 되겠냐고 한다. 새로운 것에 도전할 때, 실패할 확률이 많아서 위험하다고 한다. 내가 책을 읽기 시작할 때도 사람들은 그 시간에 잠을 자는 게 이득일 거라고 했다. '어차피 책에 나오는 사람들의 삶이랑 우리 삶은 다르니까 성공하지 못해.'라고 생각하기 때문이다.

하지만 비관적인 말을 하는 사람들의 공통점은 제대로 된 시도조차 안 해본다는 것이다. 기회는 어떤 일을 꾸준히 했을 때 제공된다. 또한 도전하는 사람에게 제공된다. 아무것도 안 하거나 적당히 하려는 사람은 기회를 알아보지 못 하거나 활용하지 못한다. 나는 책이 가져다주는 기회를 믿었다. 막연하게 들릴지 모르지만 읽다보면 확신이 선다.

사실 내가 대기업을 나온다고 했을 때, 계획 같은 건 아무것도 없었다. 그저 딱 하나, 회사에 다니면서는 책을 포함한 자기계발에 무리가 있었기 때문에 퇴사하기로 했다. 다른 이유는 없었다. 내 안에 장전된 총알이 떨어져간다는 게 온 몸으로 느껴졌다. 이 느낌은 총알을 채워보지 않은 사람은 결코 이해할 수 없다.

결국 퇴사를 했다. 이제 남는 게 시간이었기 때문에 읽을 책을 구하려고 서점에 갔다. 그 때, 기회가 찾아왔다. 《스물아홉, 직장 밖으로 행군하다》라는 책을 발견했다. 〈임마이티컴퍼니〉의 임원화 대표와의 인연이 시작된 것이다. '나랑 똑같은 경험에다가 앞으로 필요한 내용이잖아?'라는 생각에 책을 바로 구매했다. 책의 내용 중에는 임원화 대표가 운영 중인 기업의 온라인 카페 주소가 있었다. 나는 바로 인터넷 카페에 가입했다. 얼마 지나지 않아서 〈한책협〉과 인연이 닿았고, 책을 쓰겠다는 꿈이 너무도 빨리 이뤄졌다.

이 말을 들으면 모든 사람이 "운이 되게 좋았네!"라고 말할 것이다. 하지만 아니다. 나는 운이 좋을 행동을 끊임없이 한 것이다. 지금 주변에 있는 동전을 던져서 잡아보길 바란다. 동전에는 앞면과 뒷면이 있다. 모두가 알다시피 어느 면이 나올 확률은 절반이다. 아무도 어떤 면이 나올지 예측할 수 없다.

동전의 각 면을 행운과 불행으로 가정해보자. 나는 항상 행운의 면이 나올 때까지 동전을 던질 뿐이다. 대체 왜 동전을 집어보지도 않고 불행의 면이 나올 거라고 단정하는가? 그런 생각은 불행이 따라다니는 이유가 된다. 그리고 우리의 삶에서 동전을 던지거나 BB탄을 쏘는 행위는 각종 자기계발이다.

자기계발을 생계수단이 갖춰졌을 때 하는 여유로운 활동이라고 생각하는 사람들이 있다. 마치 소개팅에 나가서 "취미는 독서입니다."라고 말하기 위해 자기계발을 하는 느낌이다. 사실은 생계수단 보다 중요한 것이 자기계발이다. 세상은 절대 경험 없고 배나온 사람을 환영해주지 않기 때문이다.

'사축' 이라는 말도 있지 않은가? 회사의 가축이라는 뜻이다. 이 말은 회사를 비난하는 뜻이 아니다. 가축으로 폄하될 때까지 자신의 관리를 멀리한 사람들을 일컫는 말이다. 책을 읽어서 경험과 관점의 질을 높이면 가축이 될 리 만무하다. 내 정신과 몸을 가꾸면 어디서든 환영받는다. 주변 환경을 관리하는 사람은 어딜 가도 기회가 온다. 하지만 자신한테 아무 투자도 안 하고 충성만 외치는 사람에게는 배신만 기다릴 뿐이다. 누구와 같이 가든, 어디에 소속되어 있든, 아무것도 우리와 같이 관에 묻히지 않는다. 스스로 가치 있는 사람이 되라.

스스로 가치를 가질 활동을 해야 운이 따른다. 그리고 운이 따르면 기회도 따라온다. 결국 기회 잡는 법을 아는 사람이 싹쓸이 하는 것이다. 비관론자들은 현실적인 척을 할 뿐이다. 미래는 그 누구도 예측할 수 없지만 아무도 기회를 잡을 수 없다고 훼방을 놓는다. 그런 사람들 중에 성공한 사람은 없다. 일상에서도 아무런 성취도 얻지 못 한다. 그저 주변사람들에게 "현실적인 사람이다."라는 말을 듣고 코가 높아질 뿐이다.

나는 독서자체가 기회를 잡는 법이라고 생각한다. 내가 〈한책협〉과 운 좋게 이어진 것은 결국 꾸준히 책을 읽었기 때문이다. 오랫동안 꿈을 찾아 헤맸고 나를 관리했다. 가만히 있으면 아무것도 이뤄지지 않는 걸 알기 때문이었다. 세상은 공평하지 않다. 아무리 합리화를 하려고 해도 어쩔 수 없는 사실이다. 태어나는 집안이 다르고 장소가 다르다. 자라는 환경이 다르고 각기 다른 사람들과 자란다. 하지만 이런 말이 통용되는 건 아무것도 모르는 나이까지다. 우리는 머물 장소와 만날 사람, 투자할 시간을 선택할 수 있다. 무슨 도전을 할지 어떤 행동을 할지도 선택할 수 있다. 자신이 했던 좋은 선택들이 모여 기회가 만들어진다.

우리가 성취하고 싶은 어려운 일들은 흔히 '현실적인' 사람들이 말하는 확률 낮은 일이다. 나는 이런 일에 직면할 때마다 나에게 말한다. "그래서, 안 할 거야?" 이 말을 들으면 정신이 번쩍 든다. 가만히 있다가 성공적인 인생을 산 사람들은 없다. 우리가 걱정하는 위기들은 성공하기 위한 과정일 뿐이다. 과정이 무서워서 결과를 위한 행동도 안 하면 도대체 뭘 하면서 살겠다는 것인가?

끊임없이 BB탄을 쏘는 사람에게 기회가 온다. 그렇다고 하루 종일 새로운 도전만 하며 살 수는 없다. 그래서 독서가 필요하다. 책 안에는 앞으로의 행동을 예견하는 경험이나 힌트가 잔뜩 들어있기 때문이다. 직접 BB탄을 쏘는 대신에 간접경험과 지혜를 활용하라는 것이다. '기회를 잡는다.'는 마음가짐으로 독서에 임해라. 문화생활을 즐긴다고 생각하며 책을 읽는 사람은 발전할 수 없고 기회도 잡을 수 없다.

나는 평소에 자기계발서나 경영도서를 읽는다. 처음에는 소설도 읽었었다. 하지만 점차 읽지 않다가 지금은 아예 읽지 않는다. 내가 소설을 읽지 않게 된 이유는 간단하다. 내 인생이 소설보다 재밌어졌기 때문이다. 이 세상에 딱 하나밖에 없는 '정광영 이야기'는 아직 완결되지도 않았다. 다른 소설을 읽을 때처럼 스토리에 아쉬움을 가질 필요가 없다. 내가 원하는 방식으로 진행할 수 있기 때문이다. 단, 내 이야기에는 결말이 정해져있다. 꿈을 이루고 당당하게 살아가는 모습이 결말이다. 모든 행운과 불행은 해피엔딩을 위한 포석일 뿐이다.

우리의 이야기 속에는 기회가 아직도 많이 남아있다. 혹시 영화나 소설을 보면서 답답했던 주인공을 본 적은 없는가? '아니, 왜 저걸 모르는 거야?', '어우, 답답해. 차라리 내가 주인공인 게 낫겠다.' 같은 생각을 해봤을 것이다. 나중에 지금을 돌이켜 봤을 때, 자신은 기회를 잡은 사람인가? 만약 어떤 기회가 왔는지 모르겠다면 일 보다 독서를 열심히 하라. 독서가 당신이 하는 업무의 질까지 높여줄 것이기 때문이다. 기회를 잡는 선택의 기술이란, 기회가 책에 있음을 인지하고 열심히 읽는 것이다. 끊임없이 발전하는 것이다.

사소한 현재 상황에 좌절하지 마라. 총알을 쏠지 동전을 던질지는 우리가 선택할 일이기 때문이다. 남들이 나를 지배하려고 해도 굴복하지마라. 세상에 절대 지지마라. 단언컨대 우리는 세상보다 강하다. 굴하지 말고 내 꿈을 찾는 독서를 해라. 꿈을 찾았거나 이미 가지고 있다면 지금 당장 결단을 내려라. 우리의 소중한 인생은 이번 한 번 뿐이고 세상에 단 하나 뿐이다.

습관만 바꾸면
인생이 달라진다

직장이나 학교에서 많은 지시를 받을 것이다. 나는 상대에게 지시를 받을 때마다 알겠다고 했다. 그런데 이상하게, 나에게 부탁을 하는 사람들은 다시 한 번 지시내용을 강조했다. 사람들의 이런 행동이 나의 자존심을 상하게 했다. '뭐야, 내가 이것도 모른다고 생각하는 거야?' 라는 반발심이 일어났다.

나에게 뭔가 시켜놓고 "이해한 거 맞아?" 라고 몇 번이고 물어보는 사람도 있었다. 그럴 때마다 이해했다고 애써 침착하게 말했지만 많이 억울했다. 분명히 이해했고, 전에 했던 일인데도 그냥 맡기지 못한다는 게 분했다. 그래서 나는 더 빠르고 정확하게 처리하려고 노력했지만 사람들의 태도는 바뀌지 않았다.

어느 날, 빌 맥고완의 《세계를 움직이는 리더는 어떻게 공감을 얻는가》라는 책을 읽었다. 이 책에는 리더 들이 사용하는 대화법과 행동 거지가 쓰여 있었다. 나는 이 책에 나와 있는 방법들을 실천해보며 많이 놀랐다. 내가 너무도 형편없는 습관들을 가지고 있었기 때문이다. 내 말에는 힘이 하나도 안 실려 있었고 확신을 주는 말투가 아니었다. 오히려 있던 확신도 없어지는 말투였다. 늘 말끝마다 "그럴 것 같아요.", "아마도 그럴 거에요."등을 남발하며 자신이 없는 이미지를 주었다.

이외에도 잘못된 습관들이 많았다. 책에 있는 방법을 모두 연습했다. 그러자 다른 사람들과 나의 차이가 보였다. 특히 조직에서 신뢰를 얻고 있는 사람과 나와는 현격한 차이가 있었다. 그 사람들은 "확실히", "정확히", "당연히"와 같은 당당한 어조를 사용하고 있었다. 몸으로 말의 중요성을 실감하고 그대로 따라했다. 그랬더니 오래 기다릴 필요도 없이 즉시 효과가 나타났다. 사람들은 나를 못 미더워 하는 게 아니라 내 말을 못 미더워 했던 것이다.

나는 내가 무슨 습관을 가지고 있었는지 모르고 있었다. 책을 읽고 실천까지 해보고 나서야 내가 안 좋은 습관을 토대로 살고 있다는 걸 인정할 수 있었다. 우리의 하루는 습관으로 만들어진다. 의식적인 결정을 통해서 사는 것 같지만 아니다. 평소에 하던 대로, 패턴을 따라서 하루를 보낸다. 일어나던 시간에 일어나서 하던 방식대로 양치를 한다. 직장이나 학교에서도 늘 짓던 표정을 지으며 늘 하던 인사를 건 넨다. 강력한 계기가 없는 한, 사람은 늘 똑같은 삶을 산다.

그래서 습관을 바꾸는 것과 삶을 바꾸는 것은 동의어다. 삶을 바꾸 려고 힘든 노력을 하기 보다는 하나하나의 습관을 바꾸는 것이 삶을 바꿀 때 더 좋은 방법이다. 하지만 습관을 바꾸는 것도 여간 힘든 일 이 아니다. 다 없어진 것 같다가도 다시 살아나기를 반복한다. 나쁜 습관을 어떻게 없애야 할까?

사실은 습관에게 없앤다는 개념은 통하지 않는다. 아무리 가벼운 습관도 20년 만에 다시 살아날 수 있다. 세 살 버릇 여든 간다는 말은 괜히 있는 게 아니다. 기존의 습관을 바꾸고 싶다면 다른 습관을 새로 만드는 것이 가장 효과적인 방법이다. 나도 기존의 말투를 바꾸기 위 해서 그 동안 쓰던 말투를 없애지 않았다. 그저 저자가 말하는 리더들 의 말투를 새로 익혔을 뿐이다. 그리고 지금은 전에 어떤 말투였는지 기억조차 나지 않는다.

매력적인 습관을 새로 만들면 새로운 것을 익히는 재미까지 느낄 수 있다. 내가 기존에 나쁜 자세를 교정할 때도 같은 방법을 썼다. 나 쁜 자세라는 습관은 평생 동안 굳어진 것이라서 고치기 쉽지 않았다. 하지만 나는 이 습관을 서서히 교정하려고 노력하지 않았다. 책에서 말하는 '좋은 자세' 라는 습관을 새로 익혔을 뿐이다. 이것도 마찬가 지로, 이전에 어떤 자세로 내가 다녔는지 기억이 나질 않는다. 다만 간간히 보이는 옛날 사진에서 나는 구부정한 자세로 있을 뿐이다.

더 나은 삶을 만들려면 지금보다 좋은 습관을 익혀야 한다. 보기 껄끄러운 습관은 누구든 지적해주겠지만 나를 성장시키는 습관은 누구나 알려줄 수 없다. 그래서 우리는 책을 읽으며 어떤 습관을 가지고 살지 배워야 한다. 좋은 습관은 책에서 찾아야 한다. 저자가 어떤 습관을 가지고 있는지 분석하고, 저자의 삶 중에 마음에 드는 부분을 끌어와라.

책은 특정한 주제를 다룬다. 그 주제 자체가 나에게 도움이 되는 일도 많다. 하지만 더불어서 저자의 삶을 관찰하는 태도가 더 중요하다. 이노우에 다쓰히코의 《왜 케이스스터디인가》라는 책을 읽었었다. 이 책은 제목대로 케이스스터디(사례분석법)가 적용된 사례를 보여주면서 독자에게 소개하는 책이었다.

책 내용 중에는 '실험실 실험(인위적인 밀폐된 공간에서 인위적으로 조건과 상황을 통제하여 가설을 검증하는 실험)'과 '자연실험(자연적으로 이루어지는 사례들을 실험으로 간주하고 필요한 정보를 얻은 후 가설을 검증하는 실험)'이 소개되었다. '그냥 그렇구나' 하고 지나갈 수 있는 이 대목에서 나는 색다른 생각을 했다.

'그렇다면 내 삶을 모두 자연실험으로 간주하고 살면 엄청난 양의 통찰들을 얻을 수 있지 않을까?'라는 생각이었다. 실제로 나는 이 생각 덕분에 주의 깊게 삶을 관찰하는 습관을 얻었다. 다른 사람의 행동도 그냥 넘기지 않았다. 머릿속에서 '저런 행동은 어떤 결과를 낼까?'라고 생각한다. 내가 다른 사람보다 많은 경험치를 쌓을 수 있는 이유다. 책의 결과적인 메시지만을 얻으려고 책장을 넘겼다면 절대로 얻을 수 없었던 귀중한 재산 중 하나다. 다른 책들에서도 이런 식으로 많은 성과를 얻었다. 그리고 습관으로 정착시켰다.

나쁜 삶은 나쁜 습관으로 이루어져 있다. 늦게 일어나는 습관, 잘 씻지 않는 습관, 말을 함부로 하는 습관, 약속을 잘 안 지키는 습관 등이다. 그리고 훌륭한 삶은 훌륭한 습관으로 이루어져 있다. 일찍 일어나서 명상하는 습관, 빨리 씻고 계획을 짜는 습관, 말에 힘과 상냥함을 동시에 싣는 습관, 약속 시간에 30분 일찍 도착하는 습관 등이다.

그 누구도 나쁜 삶을 살고 싶어 하지 않는다. 그래서 신년마다 각오를 적어보고 다짐하지만 실패하는 경우가 허다하다. 습관을 단지 없애려고 했기 때문이다. 습관은 이미 우리 삶에 달라붙어 있다. 기존에 있던 것을 떼어내면 그 자리가 비어있다. 다시 나쁜 게 붙는 악순환이 반복된다. 하지만 굴러온 돌이 박힌 돌을 빼게 하면 자리가 비어있을 틈은 없다.

습관은 어제와 똑같은 오늘을 만들게 한다. 어제와 오늘이 똑같으면 똑같은 내일이 만들어진다. 하지만 우리는 자신이 무슨 습관을 가졌는지 모르는 경우가 많다. 이 문제를 해결하는 방법은 더 좋고 강력한 습관으로 기존의 습관을 밀쳐내는 것이다. 우리보다 먼저 위대한 삶을 이뤄낸 사람들은 이미 정제된 훌륭한 습관을 가지고 있다. 고생할 필요 없이, 이 습관들을 가져오기만 하면 된다. 끊임없는 습관의 발전으로 오늘보다 더 나은 삶을 만드는 사람이 되라. 당신의 인생이 획기적으로 바뀔 것이다.

PART

05

———

이제 나 말고 누구도
나에게 상처를 줄 수 없다

보석은 우리 안에 있었다.
스스로 이를 의심하는 사람은
아무것도 이룰 수 없다. 끝까지 가서도 두려움이
길을 가로막아서 돌아가게 될 것이다.
자기가 보석임을 아는 사람은 우울할 일이 없다.
어떤 고통도 자신이 더 아름답게 가공되는
과정임을 알고 있기 때문이다.

책은 인생을 바꾸는 자기혁명이다

'맹모삼천지교(孟母三遷之敎)'라는 말이 있다. 맹자의 어머니가 자식을 위해 세 번 이사했다는 일화에서 비롯되었다. 맹자의 아버지는 맹자가 어렸을 때 돌아가셨다고 한다. 어머니와 맹자 둘이서 살아야 했는데, 처음 살던 곳이 공동묘지 근처였다. 그랬더니 맹자가 묘지근처에서 늘 보던 '곡'을 하며 놀았다.

맹자의 어머니는 안 되겠다 싶어서 이사를 했다. 이번엔 시장근처에 있는 집이었다. 맹자는 이번엔 장사꾼 흉내를 내며 놀았다. 맹자의 어머니는 이것도 내키지 않아서 다시 한 번 이사를 했다. 글방 근처로 이사를 갔고, 맹자는 예법에 관련된 놀이를 시작했다. 이사를 세 번씩이나 하면서 자식의 교육을 위한 환경을 만든 것이다.

맹자의 어머니 일화를 들으며 우리는 자식에 대한 열의를 느낄 수 있다. 하지만 이 일화에는 배워야할 지혜가 하나 더 있다. 미래를 위해 환경을 바꾸려 한 자세를 배워야 한다. 환경은 맹자가 장사꾼이 될지 역사적 위인이 될지를 정했다. 그만큼 환경이 중요하다는 걸 알아야 한다. 만약 맹자의 어머니가 이사를 하지 않았다면 맹자는 공동묘지에 관련된 일을 하는 사람이 되었을 확률이 크다. 두 번째 집이었던 시장근처에서 살았다면 맹자는 장사꾼이 되었을 것이다.

글방 근처로 이사를 가서 좋은 환경을 조성했기 때문에 맹자는 훌륭한 사람이 됐다. 유가의 뛰어난 학자이며 공자 다음으로 존경받는 사람이 되었다. 환경은 시대, 장소, 사람으로 나뉜다. 이 중에서 시대는 바꿀 수 없다. 그리고 만나는 사람은 장소가 바뀌면 자연스레 바뀐다. 맹자의 어머니는 이 점을 간파하고 장소를 신중하게 고른 것이다.

나는 과거에 환경이 얼마나 중요한지 모르고 있었다. 매일 같은 친구들과 어울려 다니고, 같은 방식으로 놀았다. 변하지 않는 직장에서 매일 비슷한 일을 했다. 정말 변하고 싶었다. 그런데 아무리 노력해도 삶에는 조그마한 발전조차 없었다. 나는 언제나 노력이 부족해서 변화가 없는 줄 알았다.

주변에 말은 안 했지만 나는 매일 인생이 극적으로 변화되기를 바랐다. 하루아침에 갑자기 회사에서 잘 나가고 싶었고, 하루아침에 부자가 되고 싶었다. 이대로 살다가 생을 마감하기는 정말 싫었다. 같은 장소에서 같은 행동을 하는데 삶이 바뀔 리 없다는 걸 몰랐기 때문에 바라기만 했던 것이다.

나는 책을 읽고 겪은 변화를 어떻게 표현할까 고민했다. 고민 끝에 나는 '자기혁명' 이라는 단어를 선택했다. 내 삶은 독서를 통해서 혁명이라고 부를 정도로 급속도로 바뀌었기 때문이다. 그런데 책을 읽고 모든 사람이 자기혁명에 성공하는 건 아닌 것 같다. 나는 어떻게 자기혁명에 성공했을까?

내가 자기혁명에 성공한 이유는 환경이 바뀌었기 때문이다. 늘 같은 풍경을 보고, 같은 사람들을 만나던 내 삶에 책은 변화를 주었다. 책은 지금까지 보던 것과 다른 문화를 들려줬다. 신선한 가치관과 생각을 전해줬다. 눈으로 보기에 내 주위는 변한 게 없었다. 하지만 내 주변에는 책의 저자들이 자리를 차지하고 있었다. 친근한 사람과 대화하는 시간보다 책과 대화를 자주했다. 익숙한 주변을 보는 것 보다 책의 세상에 빠지는 시간이 많아졌다.

눈으로 보는 것과 느끼는 것, 그리고 생각하는 종류가 달라지자 실제 내 환경도 변화됐다. 늘 게임을 하던 컴퓨터가 있던 방이 책이 가득한 서재로 변했다. 버킷리스트와 사명선언문이 집안 곳곳에 붙었다. 그리고 이런 실질적 변화는 내 발전을 더 가속화시켰다. 내가 변함에 따라 만나는 사람들도 변했기 때문에, 나는 더 이상 이전과 같은 사람이 아니었다. 나 자신과 주변이 전부 바뀐 것이다.

책은 읽을수록 안에 쌓이기도 하지만 내 주변을 둘러싼다. 대부분의 사람의 환경은 특별한 이유나 근거 없이 구성된다. 지금까지 만나던 사람과 만나고, 하던 일을 하며 했던 생각을 한다. 이런 반복을 책이 끊어준다. 지금까지 못 했던 생각에 접근시켜준다. 나의 잠재된 습성과 성격을 깨워줘서 원하는 삶을 살 수 있게 해준다. 진짜 모습을 찾은 자신의 주변에, 앞으로 도움을 주는 사람들을 끌어당기도록 해준다. 책 자체가 환경이 되는 것이다. 맹자의 어머니가 맹자를 위인으로 만들기 위해 글방 근처로 이사를 한 것과 같다. 우리는 원하는 삶을 살기 위해 책의 세계로 이사 갈 필요가 있다. 환경이 바뀌면 자기혁명은 자연스레 일어나는 일이기 때문이다.

나는 삶의 변화를 꿈꾸는 사람들이 자기혁명을 경험했으면 한다. 내가 책을 읽기로 했을 땐 큰 변화를 기대하지 않았다. 삶을 바꾸고 싶긴 했지만 책에 이렇게 큰 힘이 있는지 몰랐다. 그런데 이제는 책의 힘을 스스로 증명했다. 책은 단순한 문화생활이 아니라는 걸 깨달았다. 우리는 더 이상 태어난 세상에 대고 불평할 필요가 없어졌다. 내가 경험했듯, 자신이 바뀌면 세상도 바뀌기 때문이다. 삶에 큰 변화를 가져오는 건 세상의 변화가 아니라 자신의 긍정적 변화다.

삶이 가장 힘들었을 때, 꾸준한 독서는 나를 내면에서부터 발전시켰다. 진짜 내 모습을 찾으니, 우선 자신을 대하는 태도가 달라졌다. '못 났으니까 조금도 실수하면 안 돼!' 라는 생각이 사라졌다. 있는 그대로의 나를 존중할 줄 알게 된 것이다.

내가 나를 대하는 태도가 달라지자, 주변 사람들이 나를 대하는 태도가 달라졌다. 인간관계가 변했더니 내 삶을 힘들게 했던 문제들이 없어졌다. 모든 걱정과 문제들은 사람에게서 나오기 때문이다. 내 삶을 구성하는 요소가 모두 바뀌었다. 세상이 달라보였다. 마치 우주가 나를 아껴주는 것만 같은 황홀한 기분을 느낄 수 있었다.

나는 지금도 책을 통해 혁명적 결과를 얻고 있다. 내가 겪었던 변화는 1차적 변화일 뿐이다. 역사상 위대했던 사람들이 내 세상을 구성하고 있다. 이제 나의 초점은 미래에 맞춰져있다. 앞으로 이룰 목표들과 궁극적으로 이루고 싶은 꿈들에 대해서만 생각한다. 현재의 자잘한 문제들은 어차피 해결할 수 있다는 자신감이 생겼기 때문이다.

인생은 주어진 대로 사는 게 아니다. 사람은 환경에 따라 변한다. 지금까지 흘러왔던 대로 살았기 때문에 맘에 안 드는 일들이 그렇게도 많은 것이다. 이제 의식적으로 환경을 설정할 차례다. 나를 변화시키고 주변을 변화시켜라. 삶을 바꾸고 싶지 않은가? 우리는 이제 다 커서 어머니가 환경을 바꿔주지 않는다. 그렇다면 스스로 원하는 곳에 찾아가자. 오히려 자신의 의지로 바꾼 환경은 스스로에게 더 큰 영향을 준다. 책을 읽으며 하는 깊은 생각들과 현인들의 지혜는 분명히 당신의 인생을 변화시킬 것이다.

나는 스스로 행복하기를
결심했다

　　나는 웬만하면 지하철이나 버스에서 좌석에 앉지 않는다. 아무리 먼 곳을 가더라도, 자리가 남아도 마찬가지다. 예전에는 좌석에 앉아서 노약자가 보여도 눈치를 볼 뿐이었다. 양보를 하고 싶어도 결국 행동으로 옮기지 못 했다. 나는 이런 패턴이 마음에 들지 않았다. 그래서 마음을 고쳐먹었다. 점점 양보하는 횟수를 늘려갔다. 내가 먼저 양보해드리면 기분이 좋았다. 고마워하시는 표정을 지어주시면 너무 뿌듯했다.

　　점차 일어나는 횟수가 더 많아졌다. 처음에는 자리가 나면 앉았다. 하지만 그것도 잠시, 곧 자리가 나도 앉지 않게 됐다. 왜냐하면 내가 앉는 자리에 언제나 앉고 싶어 하는 사람이 있다는 걸 알았기 때문이다. 내가 양보하는 대상이 어른에서 모든 사람으로 확대된 것이다. 자리가 넉넉히 있더라도 어차피 다음 역 쯤 되면 사람들이 지하철에 탄다. 그러면 또다시 눈치를 보느니, 더 피곤한 분들에게 자리를 양보하는 게 내가 지하철과 버스에서 행복을 얻는 방법이다.

나는 사람들이 편하게 앉아있는 걸 보는 게 기쁘다. 나는 몸이 아픈 사람도 아니라서 손해 볼 것이 없다. 반면에 편하게 앉아 계시는 분들을 보면 행복이 느껴진다. 이제는 왜 굳이 앉으려고 했었는지 이해가 안 된다. 대중교통에서 서서 가는 건 나에게 당연한 일이 되었다.

예전의 나는 '앉아서 가야 행복하다.' 라고 착각했었다. 그래서 대중교통에 타면 빈자리에 얼른 앉았다. 앉을 때마다 별 기쁨이 느껴지는 것도 아닌데 우선 앉아야 된다고 생각했다. 많은 사람들은 대부분 예전의 나처럼 생각한다. 앉아서 가는 사람들은 몸이 불편한 사람도 아니고 특별히 이기적인 사람도 아니다. 그저 지금까지 그랬기 때문에 생각해본 적이 없는 것이다.

나는 이런 행동이 '행복' 에 대한 사람들의 생각과 비슷하다고 본다. 많은 사람들은 행복하려면 수많은 수단이 필요하다고 알고 있다. 연봉이 일정수준이 넘어야 하고, 높은 수준의 차량을 타야 행복이 따라온다고 생각한다. 그리고 고급 브랜드의 의류나 액세서리를 걸치는 것 등이 행복의 조건이라고 생각하지는 않는가?

정말로 행복의 조건이 연봉이나 자동차라면 많은 문제점이 발생한다. 첫 번째, 대부분의 사람이 행복을 달성하지 못한다. 두 번째, 눈에 보이지 않는 행복들이 무시된다. 세 번째, 행복의 조건을 달성한다고 해도 허무감이 몰려올 뿐이다. 이 세 가지 문제점이 정말일까? 내가 경험해본 바로는 정말이다.

나는 성인이 될 때까지 사회적인 개념이 별로 없었다. 그래서 대기업에 취업하고 멋진 옷을 입고 다니면 성공한 인생인 줄 알았다. 물질로써 넉넉했던 적이 없었기 때문이다. 그래서 월급을 받으면 불행도 없어지는 줄 알았다. 하지만 대기업에서 일하고 남들보다 많은 월급을 받아도 행복은커녕 허무함만 느껴질 뿐이었다. 내 좁은 세상에서는 분명히 그토록 바라던 성공을 한 것이었다. 그러나 잠깐의 우월감만 스쳐지나갔을 뿐이었고 행복은 오지 않았다.

많은 돈을 벌면서 고급브랜드를 사용할 수 있는 사람은 소수다. 그렇다면 소수의 사람만이 행복을 쟁취할 수 있을까? 아니다. 돈으로 행복을 가지겠다는 발상은 건설적인 생각이 아니다. 남들보다 우월하다는 찰나의 느낌을 행복으로 착각하는 것뿐이기 때문이다. 하지만 세상에는 행복한 사람들이 많다. 왜냐하면 우리가 느낄 수 있는 행복의 종류가 많기 때문이다. 가족이나 친구들과 같이 있는 것에서도 행복을 느낄 수 있다. 길가다가 남을 도와주고도 행복을 느낄 수 있다. 남는 시간에 내가 원하는 취미생활 등을 하면서도 행복을 느낄 수 있다.

행복은 달성하는 것이 아니라 스스로 행복해지기로 결심하는 것이다. 내가 행복해지겠다고 결심하면 온갖 것에서 행복이 쏟아진다. 또한 무엇이 자신의 진짜 행복을 방해하는지도 정확히 알 수 있다. 행복을 방해하는 요소는 특정 상황일 수도 있고 인물일 수도 있고 내 안에 있을 수도 있다.

사람들은 이런 말을 들으면 기부활동이나 가난한 사람들을 떠올린다. 인생에서 아무것도 이루지 못 한 사람들의 핑계라고 생각하기 때문이다. 그러고는 행복은 돈에만 있다고 억지를 부린다. 좋은 집과 좋은 차를 사서 멋진 배우자와 성공한 가정을 이룬다면 행복해진다고 한다. 이 말은 사실이다. 하지만 남을 도울 줄 모르는 사람이 성공할 일은 없다는 것을 알아야 된다.

팀 페리스의《타이탄의 도구들》에는 행복해지기 위한 팁이 하나 쓰여 있다. 출근길에 모르는 사람이어도 좋으니, 세 명 정도를 정한다. 그러고는 마음속으로 진심을 담아서 행복을 빌어주는 것이 팁이다. 처음 듣는 사람은 의아할 것이다. 지금까지 행복해지려면 사람들을 이겨야 한다고 생각했기 때문이다. 하지만 이 방법은 정말로 효과가 있다. 진짜 행복은 타인의 비명소리 속에 없다. 진짜 행복은 사람들의 웃음에 들어있다.

우리는 행복해지기 위해서 고통을 겪지 않아도 된다. 행복의 선순환을 만들어야 한다. 스스로 행복해질 수 있는 사람은 에너지를 일상에서 얻는다. 이 에너지는 자신의 일을 성취할 수 있게 도와준다. 일에서 성취감을 얻으면 더 큰 에너지를 얻고, 다시 행복을 느낀다. '나 살기도 바쁜데 남 도와서 뭐하나'라고 생각한다면 아직 고통스러운 삶 속에 있는 것이다.

나는 매일 행복을 결심한다. 행복해지기로 결심하면 행복은 삶속에 녹아있다. 하지만 불행을 이겨내야 행복해진다고 생각하면 모든 게 이겨내야 할 장벽으로 보인다. 모든 게 경쟁대상이기 때문에 하나도 행복하지 않을 것이다. 나도 그랬었다. 모든 친구와 동료가 이겨야 할 대상이었다. 능력, 부로 내가 압도해야만 행복을 얻을 수 있는 줄 알았다.

나는 행복을 밖에서 얻는 것이라고 잘 못 알고 있었다. 그래서 고등학생 때는 내가 불행한 이유가 특성화고를 안 좋게 보는 사람들 때문이라고 생각했다. 졸업할 즈음에는 아직 대기업에 들어가지 않았기 때문에 만만하게 본다고 생각했다. 그래서 당당하게 대기업에 입사해서 높은 월급을 받으면 단번에 행복을 쟁취할 수 있을 줄 알았다. 하지만 거기에는 행복이라곤 눈곱만큼도 없었다. 그저 허무함만 있었을 뿐이다.

우리는 행복을 결심할 수 있는 힘이 있다. 행복을 결심하면 행복을 얻을 수 있다. 행복을 밖에서 찾는 사람은 언제나 예민하다. 또, 적대감이 가득하기 때문에 세상에 내 편이 없어서 지쳐있다. 반면에 진정한 행복을 추구할 줄 아는 사람은 언제나 에너지가 넘친다. 따라서 아무리 치열하게 살아봐도 나만 생각하는 사람은 행복해질 수 없다. 그리고 스스로 행복한 사람을 평생 이길 수 없다. 행복은 우리 옆에 있다. 배우자나 연인처럼 항상 옆에 있기 때문에 의식하지 못할 수도 있다. 그래서 더욱 소중하게 대해야 한다. 나는 오늘도 행복해지기로 결심한다. 내가 더 행복해지려면 어떻게 할지 늘 고민한다.

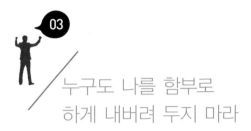

누구도 나를 함부로
하게 내버려 두지 마라

'또라이 보존의 법칙'이라는 장난 섞인 말이 있다. '질량 보존의 법칙'이라는 용어에서 살짝 말을 바꾼 것이다. 어떤 집단에 가도 이상한 사람이 존재한다는 뜻이다. 내가 있던 팀에도 또라이는 있었다. 물건을 가져오라고 해서 가져왔는데 자기가 실수로 잃어버리거나 떨어뜨려도 내 탓을 했다. 눈치껏 여분을 가져오지 않은 내 책임이란다. 그러고선 남들이 다 듣는 자리에서 상사들한테 이른다. 자기 잘못은 쏙 숨기고 내 잘못만 이르는 능력만은 지금 생각해도 탁월하다.

나는 첫 사회생활이었기 때문에 그냥 그런 줄 알았다. 모든 게 내 잘못이었고 내 탓이었다. 당연히 그 과정에서 많은 상처를 받았고 눈물을 흘렸다. 많이 힘들었던 시기다. 이때 나는 간과했던 것이 있었기에 힘들었다. 그건 내 책임의 방향이었다. 어떤 일이나 물건에 대해서는 내 책임을 지는 게 정상이다. 그렇지 않으면 같은 일이 반복되거나 조치가 엉성하게 될 수도 있기 때문이다. 하지만 사람간의 관계에서는 잘한 것과 잘못한 것을 확실히 따져야 한다는 걸 몰랐었다.

나는 내 탓의 달인이었다. 모든 일을 내 책임으로 돌리는 게 옳은 일이라고 믿었다. 하지만 주변 사람들은 그런 나를 이용하기만 했을 뿐이다. 나는 곧 모든 사람들의 노예가 됐다. 성과는 나에게 일을 맡긴 사람에게 돌아갔고, 나에게 남는 건 고생뿐이었다. 점차 사람들에 대한 부정적인 인식마저 쌓이며 나와 타인사이에 벽이 생기고 있었다.

자존감이 낮은 사람은 인간관계를 만들어가면서 많은 상처를 받는다. 상대가 나를 이해해주지 않거나 내가 상대를 이해 못 해서 갈등이 생기는 경우가 빈번하다. 사람을 상대할 때는 크게 두 가지를 기억해야 된다. 하나는 무슨 일이 발생해도 '반반'이다. 갈등이 생기면 둘 다 잘못한 점이 있는 것이고, 행복한 일이 생기면 둘 다 잘한 것이다.

예를 들어 나한테 모든 책임을 돌린 또라이와의 마찰을 살펴보자. 상대의 잘못은 자신의 잘못을 인정하지 않은 것이다. 나의 잘못은 내 입장을 확실히 표현하지 않은 것이다. 자신과 안 맞는 상대와 거리를 두지 않은 게 문제였을 수도 있다. 사람끼리는 확실히 궁합이 있다.

자라온 환경이 모두 다르기 때문에 모두와 맞출 수 있다는 건 아주 큰 자만이다.

또 하나 기억해야 될 점은 나에 대한 자부심이다. 나를 낮추면 모든 사람이 좋아할 거라고 생각하지만 모든 사람에게 나라는 노예가 한 명 추가될 뿐이다. 어떤 사람과 마주하더라도 나를 낮추는 태도로는 절대 살아남을 수 없다. 나를 도구로서 사회에 보여주지 말고 한 명의 사람으로서 사회에 보여줘라. 자신을 낮추는 자세는 당장의 효과는 있을지 몰라도 분명 많은 문제를 초래하는 발상이다.

다니엘 샤피로와 로저 피셔의 《원하는 것이 있다면 감정을 흔들어라》라는 책이 있다. 하버드 대학교의 설득, 협상에 관한 강의를 책으로 옮긴 저서다. 이 책은 설득과 협상을 잘 해내는 방법에 대해 설명한다. 설득과 협상을 성공적으로 이끌어가는 조건인 '핵심관심'이 주제다. 여기서 다루는 다섯 가지 '핵심관심' 중에서 '지위'라는 요소가 있다. 어떤 사람끼리 만나더라도 반드시 동등한 지위가 작용한다는 것이다.

꽤 많은 문제가 '지위'에서 비롯된다. 우리가 아무리 높은 사람을 만나더라도 서로 존중하고 인정해야 사람끼리의 관계가 형성된다. 무작정 굽히고 들어가서 멋대로 상처받는 걸 그만두라는 뜻이다. 누구와 만나더라도 상대가 그렇듯이 내가 더 우세한 '지위'가 있다. 내가 상대에게 해주려는 만큼, 나도 상대에게 요구하고 바랄 수 있어야 된다.

구구절절하게 말했지만 사람과의 관계를 가질 때는 스스로 자부심을 가지라는 말이다. 상대를 배려하는 건 그 후의 문제다. 우리는 어차피 상대가 어떤 사람인지 잘 알지 못 한다. 풀리지도 않는 문제를 붙잡고 있어봐야 시간과 에너지만 낭비된다. 그렇다면 나에게 먼저 집중하는 게 상식적이다.

'나' 라는 사람은 중요한 사람이다. 하지만 이 생각을 할 수 있는 사람이 드물다. 자신의 눈에 다른 사람들만 보이기 때문일까? 사실은 내가 어떻게 하느냐에 따라서 상대의 태도가 달라진다. 회사에 있던 '또라이' 도 내가 얼마나 만만했으면 저런 만행을 저질렀겠는가? 처음부터 당당하게 살았다면 첫 단추를 잘 못 끼우는 일은 없었을 것이다.

이 세상에 내가 욕을 들어서 마땅한 일은 단 하나도 없다. 우리는 무슨 잘못을 하더라도 다시 복구할 힘이 있다. 상대가 나에게 감정을 표출하도록 가만히 두지 마라. 우리는 감정의 샌드백이 아니다. 상대의 지위가 높다고 나에게 함부로 대할 수 있는 게 아니다. 이런 생각을 가지면 이 세상에 나에게 쉽게 대할 수 있는 사람은 아무도 없다. 아까 말했듯이 누구나 자신의 고유한 지위가 있기 때문이다. 왜 다른 사람들은 다 지위가 있는데 나한테만 없다고 생각하는가?

나도 처음에는 온갖 사람에게 상처를 받았다. 그래서 내가 이상한 사람이라고 생각했다. 다른 사람들은 다 잘 살고 있는데 나만 비난을 듣는다고 생각했기 때문이다. 언제나 나의 평판을 결정하는 건 나 자신이다. 스스로를 가치 있고 중요한 사람이라고 여기면 그게 행동으로 드러난다. 사람들은 그 태도를 알아보고 서로 균형을 맞추려고 할 것이다.

이 세상에 '내 탓'은 아무것도 없다. 나와 네 잘못이라고 정확히 구별되어 있다. 이걸 한 발자국 물러서서 관찰할 줄 아는 사람이 지혜로운 사람이다. 나는 남을 함부로 대할 만큼 위선적인 사람이 아니라는 걸 이제는 알고 있다. 그래서 오직 하나만 생각한다. '나는 가치 있는 사람이다.'

상처받는 사람들은 이미 타인에 대해서라면 상대보다 더 잘 알고 있다. 그러니 이제는 자신에게 신경 쓸 차례다. 그리고 나에 대한 관심을 일회용으로 썩히지 마라. 스스로 갖는 자부심과 자존감은 습관이 되어야 한다. 이렇게 하지 않으면 정상적인 인간관계가 성립되지 않는다.

남이 나에게 함부로 대하는 걸 절대로 봐줘선 안 된다. 당신의 이런 행동을 납득하지 못하는 사람은 이미 당신을 도구로 보고 있는 것이다. 망설임 없이 돌아서라. 거리를 둬라. 무시해라. 사회생활이란 사람끼리의 관계로 이루어진 것이지 사람과 도구의 관계가 아니다.
상처를 막는 건 인내력이 아니라 나에 대한 자부심과 긍지다.

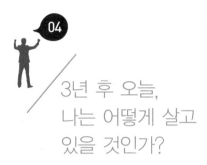

3년 후 오늘,
나는 어떻게 살고
있을 것인가?

부모님과 나, 세 가족은 친척과 멀리 떨어져서 살고 있다. 친척과 만나본 기억이 없어서 옛날에 친가에 갔을 때는 전혀 모르는 사람들뿐이었다. 친척 중에 사업으로 성공하신 분이 있다. 좋은 일이지만 이걸 계기로 가족 관계가 손바닥 뒤집듯 뒤집혔다고 한다. 갈등과 불화가 다소 있었고, 그 결과는 친척들과 멀리 떨어져서 살고 있는 우리 가족이다.

나는 중학교 때부터 성공하고 싶었다. 다른 애들이 경조사나 명절 때마다 친척들과 화목하게 지내는 소식을 접할 때면 복수심이 마음속에서 생겼다. '반드시 성공해서 우리 가족을 인정하게 해줄 것이다.'라고 다짐했다. 내가 고등학교를 뛰어다니고, 대기업에 취업해서 열심히 일한 건 이런 의지의 표현이었다.

지금 생각하면 상당히 부끄럽지만 고등학교 내내 평온한 표정을 지은 적이 없었다. 웃기면 웃었지만 머릿속에는 온통 복수생각밖에 없었다. 대기업에 취업했을 때도 당시에는 기뻤다. 하지만 회사에서 인정도 못 받으니 힘들지 않았겠는가? 혼자 복수하겠다고 잘난 척은 다 해놓고, 출근하면 선배한테 혼나는 고졸 신입에 불과했다.

성공하겠다는 생각은 중학교 때부터 했었지만 한 번도 구체적으로 생각이 발전한 적은 없었다. 고민은 계속 했지만 도대체 어떤 걸로 성공할지 감이 잡히지 않았다. 일단 일을 해야 생계가 유지되니까 어쩔 수 없이 회사에 다녀야 한다고 생각했다. 그렇게 의미 없이 보낸 세월은 변화 없는 미래로 내게 돌아왔다.

나는 정말 치열하게 살았었다. 하지만 꿈이 구체적이지 않았기 때문에 미래는 변하지 않았다. 일이 바쁘고, 어떤 걸로 성공할지 모르겠다는 핑계로 꿈을 묻어뒀었다. 꿈이 없으면 지금 하는 행동에 변화를 줄 이유가 없어진다. 그리고 행동이 변하지 않으면 결과가 변하지 않는다. 같은 결과의 반복은 지금과 다를 바 없는 미래를 만든다.

하지만 한 번 커졌던 꿈은 다시 줄어들지 않는 특성을 가지고 있다. 나는 늘 공허함을 느꼈다. 대기업에서 일하는 걸로는 전혀 만족하지 못했다. 그래서 3년 전부터 나의 행동을 바꿨다. 독서를 시작한 것이다. 그러자 결과들이 달라졌다. 같은 일을 겪고도 내가 얻는 감정과 생각이 발전했고, 같은 행동을 해도 다른 마음으로 임했다.

그 결과 지금은 3년 전과는 비교가 안 될 정도로 발전해서 꿈꾸던 삶을 살고 있다. 껍질만 대기업 사원이었던 내가, 지금은 회사 밖으로 독립했다. 〈한책협〉을 만나서 책을 쓰고, 1인 기업을 통해서 내 꿈에 도전하고 있다. 독서하기 전에는 늘 하던 대로 행동했기 때문에 삶에 변화가 없었다. 하지만 독서를 시작했더니 지금의 삶이 변했고, 지금은 독서와 더불어 수많은 도전을 하고 있다. 분명히 다시 3년이 지났을 때는 지금과 비교가 안 되는 결과가 있을 것이다.

미래와 타협하면 안 된다. '시간이 지나면 나아지겠지.'라는 생각만 해봤자 현실은 전혀 바뀌지 않는다. 사람들은 현실을 직시하는 것과 스스로 합리화시키는 걸 헷갈리고 있다. 진짜 현실은 자신이 발전하지 않는 지금 이 순간이다. 아무도 적극적인 삶을 살지 않기 때문에 자신이 정상적인 삶을 산다고 합리화할 뿐이다.

3년 후의 삶은 솔직하다. 지금까지와 다른 도전을 꾸준히 했다면 성과를 온몸으로 느낄 수 있는 시간이 3년이다. 물론 더 좋은 방법을 쓰거나 더 많은 노력을 기울인다면 3년보다 빠른 시간에 이룰 수도 있다. 이 세상에서 가장 솔직한 건 시간이다. 사람은 합리화를 하는 등의 거짓말을 할 수 있다. 하지만 시간은 절대 내가 투자한 것 이상의 재화와 기회를 주지 않는다.

사람들은 무조건적인 노력과 성과가 비례할 것이라고 생각한다. 하지만 아무 노력이나 한다고 해서 성과를 낼 수는 없다. 이는 기원전 1세기에 살던 사람도 알고 있는 사실이었다. 기원전 1세기의 로마 철학자인 세네카는 이런 글을 남겼다.

"출항과 동시에 사나운 폭풍에 밀려다니다가 사방에서 불어오는 바람에 같은 자리를 빙빙 표류 했다고 해서, 그 선원을 긴 항해를 마친 사람이라고 말할 수는 없을 것이다. 그는 긴 항해를 한 것이 아니라 그저 오랜 시간을 수면 위에 떠있었을 뿐이다."

오랜 시간동안 수면 위를 떠있었던 선원은 내려와서 매우 힘들었다고 한탄할 것이다. 그리고 왜 아무런 성과도 없냐고 세상을 원망할 수도 있다. 이 선원은 더 멀리 나가기가 두려웠거나 나가는 방법을 몰랐을 것이다. 중요한 건, 적어도 이 배는 아무것도 하지 않고 바다에 떠있기만 했다는 사실이다. 시간만 버렸으며 배의 내구도만 낭비했다. 혹시 자신도 시간과 몸을 무의미하게 혹사하고 있지 않은지 질문해보자. 지금 당신은 어떤 목표를 위해서 무슨 노력을 하고 있는가?

자신은 3년 뒤에 어떨지 생각해보자. 구체적으로 질문을 해야 한다. 만약에 회사에 다니고 있다면 회사에서 뭘 목표로 일하는지 대답할 수 있어야 한다. 우리는 오랫동안 자신의 마음을 무시해왔기 때문에 진짜 마음을 끌어내려면 많은 과정을 거쳐야 한다. 회사에 다니면서 어떤 목적을 이룰 생각인가? 왜 그 목적을 가지게 되었는가? 목적을 이루면 뭘 할 것인가? 지금 그 목적을 이루기 위해 뭘 하고 있는가? 만약 아무것도 안 한다면 왜 지금 하지 않는가? 등이다.

목적이 정확하지 않으면 헤맬 수밖에 없다. 모르는 길을 한 번에 능숙하게 가는 사람이 없듯이 말이다. 오늘은 평범한 날이 아니다. 어떤 도전을 시작하게 되는 기념할만한 날이 될 수 있다. 내가 독서를 해서 3년 뒤의 삶을 완전히 바꾼 것처럼 인생을 바꿀 도전을 오늘부터 시작해야 된다. 내가 지금 3년 뒤를 바꿀 도전을 끊임없이 하는 것처럼 언제까지나 평범하게 살려고 하지마라.

이 세상에 평범한 삶은 없다. 만물은 지금도 진화하고 있다. 진화에 뒤처지는 사람은 배제될 뿐인 것을 깨달았다. 회사에 다닐 때, 나는 '대기업에 들어갔으니, 이제 됐다.' 라고 생각했지만 변화는 거기서 멈췄다. 주변 사람들과 점점 멀어졌고, 시대의 속도를 따라가지 못했다. 일에 투자하는 시간이 많아져서가 아니었다. 그저 도태되고 있을 뿐이었다.

미래를 얼버무리는 사람에게는 두루뭉술한 미래만 기다린다. 아무 목표도 없이 죽은 듯이 살았기 때문에 지금과 별로 다를 것이 없는 미래가 기다린다. 시간이 지난다고 해서 모든 것이 해결되지 않는다. 시간은 우리를 기다려주지 않는다. 매순간에 할 수 있는 행동을 하려고 노력하라. 시간은 현실을 직시하고 목표를 위해 산 사람에게 따뜻한 미래를 선물해준다는 걸 기억하라.

　3년 후 오늘, 당신은 뭘 하고 있을 것인가? 나는 사람들 앞에서 강연을 하며 동기부여를 해줄 것이다. 그리고 1인 기업을 성공적으로 성장시켜서 많은 사람들에게 도움을 줄 것이다. 꾸준히 책을 써내려가며 베스트셀러를 달성하고, 버킷리스트를 절반 이상 이루는 것이 나의 3년 후다.

　가만히 있는 사람에게는 지금과 똑같은 미래만 찾아온다. 지금과 똑같다는 건 도태되었다는 뜻이다. 언제까지나 지금의 상황이 유지될 것이라고 생각하지 마라. 사람들은 위기가 닥쳐오면 호들갑을 떤다. 그런데 이제 익숙해질 때도 되지 않았는가? 알다시피 위기는 언제나 우리를 찾아온다. 그렇다면 우리는 더더욱 가만히 있어선 안 된다. 닥쳐올 위기보다 더 크게, 꾸준히 성장해야만 평화로운 삶이 만들어진다. 3년 후에 우리는 완전히 바뀔 수 있다. 부디 이 책을 읽는 당신이 꿈이 큰 사람으로 바뀔 수 있기를 바란다.

나에 대한 관념이
미래를 결정한다

　　엄마가 나의 태몽에 관해 말해주신 적이
있다. 꿈에서는 하늘을 지그시 보고 있었더니 하늘의 반을 가리는 이
무기가 나타났다. 이 이무기는 각종 색으로 알록달록 빛났고, 몸 중간
에는 흰색의 작은 뱀들이 걸쳐져 있었다. 엄마는 이 꿈이 너무나 독특
해서 아직도 잊지 못 하신다고 한다.

　　처음에 이 말을 들었을 때는 '아, 그렇구나.' 라고 생각했다. 남들의
태몽도 비범한 태몽들이니까 특별하게 여기지 않았다. 하지만 최근에
태몽에 대해 다시 들었을 때는 느낌이 달랐다. 환상이라고만 생각했
던 그 꿈이 나의 미래 모습으로 느껴졌다. 알록달록한 빛으로 빛나던
이무기는 나만의 개성을 의미하는 것 같았다. 비전과 사명을 이뤄나
갈 나의 미래라는 확신이 생겨났다. 하늘의 반을 가린 건 그만큼 커질

내 꿈을 의미했던 것이다. 내 몸에 걸쳐진 작은 뱀은 내게 도움을 줄 귀인들일 수도 있다. 같은 걸 두 번 들었지만 나는 완전히 다른 걸 얻었다.

태몽은 보통 임신사실을 상징적으로 알려주는 꿈이라고 생각했다. 그래서 전에는 신경 쓰지 않았던 것이다. 하지만 지금의 생각은 다르다. 모든 사람이 특별하기 때문에 태몽이 있다고 생각한다. 사람들은 '현실'이라는 가상의 벽에 막혀서 되어야할 존재가 되지 못 하는 것이다. 나는 더 이상 현실이라는 있지도 않은 벽에 막히지 않는다. 이제 내가 세상의 주인공이라는 마음으로 살고 있다.

내가 이토록 바뀐 것은 꿈이 생겼기 때문이다. 현재 나의 사명은 한국의 문화를 바꾸는 것이다. 자신의 가치를 개개인에게 인식시키고 싶다. 더 이상 소중한 사람들이 장애물에 가로막혀서 좌절하는 일을 방치해선 안 된다고 생각한다. 내가 좌절해봤었기 때문에 더욱 절박하다. 한 때 자신의 가치를 모르던 나도 지금은 중요한 사명을 위해 노력하고 있다. 다른 사람들도 독서를 시작으로 자신의 가치를 깨닫게 만드는 게 나의 사명이다. 나는 꿈과 사명을 통해서 스스로를 인식하는 관념이 바뀌었다.

나에 대한 관념은 인생의 전부다. 책을 읽고, 다른 사람의 지혜를 배우고, 자존감을 높이는 것은 모두 스스로에 대한 관념을 바꾸기 위한 과정이다. 자신에 대한 관념이 바뀌지 않으면 스스로를 믿을 수 없기 때문이다. 스스로를 별 능력 없는 사람이라고 생각하면 결코 울타리를 벗어날 수 없다. 자신을 가두고 있는 울타리를 보고도 '저 울타리덕분에 보호받고 있어.'라고 생각하게 된다.

내가 회사에서 실수를 했을 때, 선배 하나가 나를 사람들이 잘 안 다니는 곳으로 데리고 갔다. 그러더니 "너 뭐야?"라고 물었다. 나는 질문이 너무 포괄적이어서 대답을 못 했다. 그 선배는 답답한 표정으로 다시 한 번 물었다. "네가 사회에서 뭐냐고"라고 했다. 그제야 질문을 이해하고 "회사원이요."라고 대답했다.

그 때는 별 생각 없었다. 하지만 이 일 덕분에 중요한 걸 배웠다. 대부분의 직장인과 그 선배가 평소에 자신을 어떻게 생각하는지 알 수 있었다. 사실은 모두 훌륭한 사람인데도, '나는 사회에 소속된 평범한 회사원이야.'라고 생각하는 것이다. 애초에 스스로를 대단하게 생각하지 않기 때문에 자꾸 큰 곳에 소속된 걸 자랑하려고 한다. 회사에 소속되려는 게 나쁘다는 게 아니다. 나도 회사에서의 경험이 있기 때문에 성장할 수 있었다. 다만, 회사는 꿈과 목표를 위해서 준비하는 곳이지 인생의 종착역이 아니라고 말해주고 싶다.

회사에 들어가고 나면 중간 목표는 이미 이뤄진 것이다. 다음 목표를 잡아야 한다. 하지만 대부분은 회사에서 충성을 다 하고 뼈를 묻는 걸 목표로 삼는다. 사람들은 모두 회사에서 평생 월급을 받는 게 불가능하다는 걸 알고 있다. 그리고 어떤 경로로든 회사를 나오게 된다. 그러면 대부분 퇴직금이나 저축한 돈으로 프랜차이즈 사업을 한다는 것도 알고 있다. 그런데도 도전을 하지 못하는 이유는 자신을 저평가하기 때문이다. 다른 이유는 없다. 세상의 벽이 높은 게 아니라, 스스로 난쟁이가 됐기 때문에 모든 게 힘들어 보이는 것이다.

우리의 미래는 스스로 만들어야 된다. 사람들의 말을 듣고 있으면 '혹시 나만 처음 태어나본 건가?' 라는 생각마저 든다. 너무 많이 살아봐서 이번 생은 좀 편하고 지루하게 가려는 사람들 같다. 적어도 나는 처음 태어나 본다. 그래서 하고 싶은 일을 전부 다 할 것이다. 실패할 거라는 생각은 내 머리에 없다. 나에 대한 관념이 이미 자신을 거인이라고 인식하기 때문이다. 아무리 세상의 벽이 높아도 내가 더 크다. 난 내가 원하는 거라면 뭐든지 도전하고 체험할 것이다.

꿈을 크게 잡고, 남들과 내가 최대한 행복해질 수 있는 일들을 이룰 것이다. 이런 꿈과 비전들은《보물지도11》에 기록돼있다. 나와 꿈으로 이어진 '꿈맥' 분들과 함께 집필한 공동저서다. 그만큼 자신이 있기 때문에 책으로 까지 출간한 것이다. 내 삶의 원칙은 이제 딱 두 개다. 하나는 '후회하지 않을 지금을 만드는 것' 이고 또 하나는 '상상할 수 있는 최대한 큰 꿈들을 가지는 것' 이다.

나에 대한 관념은 미래를 결정한다. 한 번 눈을 감고 '나는 나를 어떻게 생각하지?'라고 물어보자. 자신만의 비전이 떠오르지 않는다면 오늘부터 꿈을 가지기 위해서 노력해야 된다. 꿈을 가져도 미래가 불확실하기 때문에 의미 없다는 사람도 있을 것이다. 하지만 미래는 완전히 미지의 시간만은 아니다. 그저 현재의 상황들이 시간이 지나서 미래가 되기 때문이다. 내가 책을 쓰고 있는 지금이 있기 때문에 당신이 이 책을 읽는 미래가 만들어진 것이다. 큰 꿈을 꾸는 현재가 있기 때문에 결국 꿈을 이루는 미래가 만들어질 뿐이다.

어렸을 때부터 상상하던 나의 이미지는 뭐였을까? 대부분 잊어버렸을 것이다. 나는 중학생 때부터, 적어도 회사에 다니면서 눈치나 보는 사람으로 크겠다고 생각하지 않았다. 사람들을 적극적으로 이끌어주는 사람이 되고 싶었다. 근사한 집과 차를 가진 사람이 되고 싶었다. 도중에 자존감이 바닥으로 떨어져서 고생했었다. 나는 그럼에도 책을 통해서 다시 큰 꿈을 가질 수 있었다. 나만 이런 게 아니다. 누구나 그렇다. 평생 남의 눈치를 보려고 열심히 노력하는 사람은 없다. 결국 나를 가로막고 있는 것도, 나를 성장시킨 것도 나에 대한 관념이었다.

지금부터라도 가슴을 활짝 펴고 허리를 곧게 세워라. 눈을 부릅뜨고 치열하게 꿈꿔라. 우리는 다른 사람의 도구가 되려고 태어나지 않았다. 내가 회사를 퇴사하고 꿈에 도전할 용기를 낼 수 있었던 건 '나

는 회사에서 일하기 위해 태어나지 않았어!' 라는 마음의 외침덕분이
었다. 스스로 위대한 사람이 결국 위대해진다. 큰 것부터 도전하려고
하지 말고, 나부터 변화시켜보자. 나를 바꾸는 것이 곧 세상을 바꾸는
일이 된다.

06
경쟁하지 말고
성장하라

예전에 차를 타고 도로를 달리고 있었다. 그때 엄마가 "길에 보면 이렇게 많은 차와 사람이 있는데, 정말 다 꺾고 성공할 수 있어?"라고 물어보셨다. 나는 평소에 목표가 성공하는 것이라서 부모님께도 자주 비전에 대해 말씀드린다. 부모님은 나를 믿어주려고 노력하신다. 하지만 걱정이 되기 때문에 가끔 이런 질문을 하신다.

사실 당시에는 자세한 대답을 드리지 못 했다. 그냥 "응, 그럼"이라고 넘겼지만 그 때부터 답을 찾아다녔다. 나는 '성공한 사람들은 어떻게 수많은 사람들을 꺾었을까?'라고 나에게 질문했다. 그 결과, 수많은 사람들을 이길 필요가 없다는 답이 나왔다.

많은 사람들이 어머니와 같은 질문을 할 것이다. 꼭 성공이 아니더라도 어떤 분야에서 인정받으려면 수많은 사람을 꺾어야 한다고 생각한다. 하지만 경쟁을 해서 내가 얻을 수 있는 건 아무것도 없다. 정말 잘 나가는 사람은 경쟁대상을 두지 않는다. 아득히 먼 목표만 바라볼 뿐이다.

내가 믿는 법칙이 하나 있다. '목표 직전 법칙'이다. 내가 무슨 목표를 세우면, 간발의 차이로 목표에 도달하지 못하는 법칙이다. 내가 게으른 탓에 그럴 수도 있지만 목표가 가까워질수록 사람의 마음은 느슨해진다. 혹은 매우 초조해져서 평정심을 잃는다. 그러다보면 목표 직전에서 간발의 차이로 도달하지 못하는 경우가 많다.

이걸 해결하려면 목표를 높게 설정하는 방법밖에 없다. 큰 목표를 아주 높게 설정하고, 중간목표들도 수치가 높아야 한다. 그래야 자신이 바라는 수준에 빠르게 도달할 수 있다. 내가 이런 법칙을 세우게 된 건 고등학생 때의 경험이 있어서다. 만약 이 경험이 없었다면 지금도 목표를 잘 세우지 못 해서 허덕이고 있을 것이다.

나는 대기업에 빨리 취직해서 남들보다 많은 월급을 받고 싶었다. 그래서 특성화고에 입학했다. 부모님한테도 용돈을 드리고, 내 돈으로 생계도 해결하고 싶었다. 그러려면 꽤 높은 수준의 성적이 필요했다. 인문계보다야 공부가 쉬운 편이지만 나는 중학교 때 공부를 정말 안 하던 사람이었다. 수학 점수로 10점대의 점수까지 맞아봤으니 말이다.

나름대로 열심히 공부를 했다. 그런데 놀랄 일이 벌어졌다. 우리 과에서 내가 3등을 한 것이다. 믿을 수가 없었지만 정말 기분이 좋았다. 목표를 수정했다. '높은 성적'이라는 목표에서 '우리 과 1등'이라는 목표로 바꿨다. 3등도 했으니 1등도 당연히 할 것이라는 생각이었다.

결론부터 말하면 졸업할 때까지 나는 3등에서 벗어나지 못 했다. 나는 당시에 이해를 하지 못했었다. '꽤 열심히 하는데 왜 등수가 똑같지?', '왜 아는 문제에서도 실수를 해서 자꾸 3등에 머무를까?'라는 의문이 있었다. 이제는 그 질문에 답할 수 있다. 목표의 격차는 줄일 수가 없던 것이다.

3등인 나의 목표는 그저 1등이나 2등을 하는 것이었다. 이미 대기업에는 갈 수 있는 성적이기 때문에 더 높은 목표는 필요 없었다. 하지만 1등과 2등의 목표는 좋은 대학에 특성화고 전형으로 들어가는 것이었다. 나는 3등을 유지해도 별 문제가 없었지만 그 두 명에게는 대학에서 공부할 실력도 마련해야 했던 것이다. 애초에 상대가 안 되는 게임이었다.

나는 노력 신봉자였다. 노력하면 안 되는 일은 없다고 믿었었다.

당시에는 노력이 보답해주지 않았다고 생각해서 분했다. 그저 3년 내 내 운이 안 좋았다고 생각했다. 하지만 그 두 명과 나 사이에는 극심한 격차가 있었다. 내 목표였던 그 둘은 끊임없이 성장했기 때문에 따라잡을 수 없던 것이다.

힘들게 공부해도 결과가 똑같으니, 갈수록 속이 좁아졌다. 1등과 2등은 성장하는 사람이었다. '실력의 성장'이 목표기 때문에 그 둘에겐 성적이 따라오는 결과일 뿐, 결코 만족하지 않았을 것이다. 이 사실을 통해서 경쟁을 하면 한계가 있지만, 성장에는 한계가 없다는 것을 깨달았다.

나는 경쟁의 한계를 깨달았을 때부터 특정 대상과 경쟁하지 않는다. 어떤 대상과 경쟁한다는 건 "나는 '경쟁 대상'보다 한 수 아래에 머물러 있을 것입니다!"라고 선언하는 것과 같다. 왜냐하면 그 경쟁대상은 더 상위목표가 있기 때문에 그 자리에 있는 것이다. 둘 사이에는 영원히 좁힐 수 없는 차이가 생겨버린다.

책을 읽으면서 깨달은 것 중 큰 비중을 차지하는 개념이 있다. 성장도 목표가 될 수 있다는 것이다. 처음에는 굉장히 생소한 개념이었다. 목표가 있어야 성장할 이유가 생기고 노력을 하는 거라고 생각했다. 하지만 성장자체를 인생의 토대로 삼으면 차원이 다른 결과가 생긴다. 목표만 있는 사람은 '빨리 달성하고 쉬어야지.'라고 생각하기 마련이다. 반면에 성장이 토대인 사람은 멈춰서겠다는 욕구가 없다.

성장의 진가를 알고 즐길 줄 알기 때문이다. 그 과정에서 커다란 목표가 생기기도 한다.

　내가 어렸을 때 성공하고 싶었던 건 빨리 쉬고 싶기 때문이었다. 공부가 싫었고 노력이 싫었다. 그래서 빨리 큰돈을 벌면 평생을 놀고 먹으면서 지낼 수 있겠다고 생각했다. 말이 성공이지 사실상 로또 당첨을 꿈꾼 것과 다름없다. 뭔가로 성공하겠다는 구체적인 생각도 없이 돈만 갈망했었다.

　지금은 성장의 진가를 알고 있다. 이제 내가 이루려는 건 사소한 목표가 아니다. 지금 내가 성공하겠다고 말하는 이유는 전과 다르다. 끊임없이 성장하겠다는 자아실현의 욕구다. 옛날에는 성공이라고 하면 어떤 가게를 운영하다가 적당히 돈을 벌어서 누군가에게 매각하는 장면을 자주 상상했다.

　그런데 어느 순간 '왜 지금 성공적인 기업을 이끄는 대표들은 기업을 팔지 않지?' 라는 궁금증이 생겼다. 알고 보니 그들에게 돈이란, 기업의 궁극적 가치를 실현시키기 위한 도구일 뿐이었다. 그리고 지금 직장에서 일하고 있는 직원들에 대한 책임감도 있었다. 그들은 현재에 만족하지 않고 성장을 위해 달리는 사람들이었다.

　지금은 이런 행동들을 이해할 수 있다. 나도 돈보다 큰 목표가 생겼기 때문이다. 성공의 기준이 큰돈에서 나만의 가치를 실현하는 것으로 바뀌었다. 그러니 더 이상 경쟁은 나에게 의미가 없다. 오히려 옛날에 경쟁에서 성공을 거두었다면 이런 사실을 깨닫지 못 했을 것이다. 지금은 경쟁이 실패로 가는 지름길이라는 걸 안다. 정말로 어떤 분야에서 잘 나가고 싶거나 인생에서 성공하고 싶다면 경쟁이란 단어를 잊어라. 성장자체를 목표로 삼아라. 앞으로 나도 더 큰 성장만을 위해서 노력할 것이다.

07

언제나 당당한
사람이 되라

내가 회사에 다닐 때 가장 많이 들었던 꾸중이 있다. "거짓말 좀 치지 마!"였다. 나는 실수하고 혼나는 게 싫었다. 그래서 지시받은 일을 했냐고 물어봤을 때 안 했어도 했다고 대답했다. 그러고는 달려가서 재빨리 마무리했다. 하지만 거짓말은 언젠가 들통이 난다. 얼마 지나지 않아서 거짓말을 친 나는 초조해지기 시작했다. 곧 대부분의 팀원들이 눈치를 챘다.

서로의 신뢰가 깨졌기 때문에 나는 일을 했어도 의심을 받았다. 거짓말을 안 쳤어도 몰아가는 사람까지 생겼다. 내가 얼마나 싫었으면 그랬을까? 지금은 이해가 간다. 혼날 때는 남들보다 더 심하게 깨졌고 모두가 나를 믿지 못 했다. 사실 이것 때문에 초반 회사생활이 힘들었다. 나에겐 늘 거짓말을 한다는 꼬리표가 따라다녔다.

나는 불안함 때문에 거짓말을 했다가 더 큰 화를 몰고 왔다. 몇 번의 거짓말이 그렇게 큰 불행을 몰고 올 줄은 몰랐다. 회사에서는 실수를 결코 용납하지 않았다. 나는 매번 실수하는 이미지를 주기 싫었을 뿐이다. 그런데 실수보다 더 큰 잘못을 저지른 것이다. 난 당당함과는 정말 거리가 먼 삶을 살았다. 스스로 일을 못 한다고 생각했기 때문에 항상 어깨와 허리, 다리와 발을 쪼그리고 있었다. 조금이라도 자세를 펴면 "뭘 잘했다고 당당해?"라는 말이 날아올 것이라고 생각했다.

실수는 나만 하는 게 아니라는 걸 나중에야 알았다. 직장에서 나만 비난받는 게 아니라는 것도 나중에 알았다. 나는 좀 더 솔직하게 얘기했어야 한다. 잠깐 혼나기는 했겠지만 신뢰를 손상시키지는 않았을 것이다. 실수를 많이 하더라도 정직해야 상사들도 적절한 조치를 취하거나 조언을 해줄 수 있기 때문이다.

'정직'은 당당함으로부터 표출된다. 정직함은 중요한 가치지만 지키기 어려운 덕목이다. 특히 자신에게 정직하기가 어렵다. 다른 사람을 솔직하고 당당하게 대하려면 먼저 자신을 인정해야 된다. 그런데 두려움이나 불안함이 커지면 다른 사람들을 솔직하게 대할 수 없다. 이는 당당하지 못한 삶으로 이어진다.

나는 거짓말하는 습관을 반복하기 싫었다. 나에게 너무 많은 재앙을 불러왔기 때문이다. 그래서 나의 실수를 스스로 인정했다. 그리고 솔직하게 말하는 습관을 새로 익혔다. 그랬더니 정말 의외의 결과가 찾아왔다. 나는 실수를 입 밖으로 꺼낼 때마다 '아, 이제 한 소리 듣겠구나.' 하고 침을 꿀꺽 삼켰다. 그런데 나의 실수를 들은 사람들은 대부분 "아, 그래? 알았어."라고 하며 다음 지시를 하거나 조언을 친절하게 해줬다.

처음에는 이런 반응에 너무 감동해서 매번 울컥했다. 이런 상황이 익숙해지자, 정직함은 내 삶에서 가장 중요한 가치가 됐다. 나 자신에게 솔직해진 뒤로는 당당한 태도를 가질 수 있게 됐다. 그래서 내 양심과 정직을 지키기 위해서 많이 노력했다. 솔직하게 내 생각을 표현하기 시작하자, 나에 대한 인식이 완전히 바뀌어갔다.

예전에는 대답하나 할 때도 온갖 생각을 다 하고 온갖 조건을 다 따졌다. 나는 '나'라는 존재를 마음속에서 받아들이지 못 하고 있었다. 정직은 나에게 나라는 존재를 인정하게 만들었고 상대와 나의 차이를 알려주었다. 이런 결과가 자연스럽게 당당함으로 이어지면서 삶의 태도가 바뀌었다.

최근에 이런 일도 있었다. 외출을 하는데 급하게 나가는 바람에 집 안이 전쟁터가 따로 없었다. 갈아입은 옷들이 그대로 널브러져 있었다. 아침에 걷은 빨래를 개지도 못 한 채 바닥에 던지고 갔고, 이불도 개지 못 했다. 말 그대로 난장판이었다. 외출해서는 이 사실을 잊어버리고 있었다.

약속장소에 가던 중에 중요한 물건 하나를 집에 두고 왔다는 사실을 알았다. 다시 집에 가려는데 도중에 만난 지인이 방향이 같으니 집에 같이 들르자고 했다. 나는 그러자고 했다. 집에 거의 도착해서야 집안 상태가 생각났다. 예전 같았다면 갖은 핑계를 대면서 집에 못 들어오게 했을 것이다. 평소에는 잘 치우는데 오늘만 못 치웠다고 속으로 불평했을 것이다. 하지만 지금의 나는 다른 조치를 취했다.

마음속으로 '급했든 어쨌든, 내가 정말 깔끔한 사람이라면 진즉에 정리를 하고 나왔겠지. 나는 아직 혼자 살아본 경험이 부족해서 정리를 못 하고 나온 거야.' 라고 깔끔하게 받아들였다. 그에게 "집안이 난장판이에요. 정리도 못 하고 사네요."라고 당당하게 말했다. 그랬더니 이해한다며 웃었고, 나와 비슷한 아는 사람의 이야기까지 들려줬다.

만약에 내가 얼굴을 붉히면서 핑계만 댔다면 그는 "그래, 알았어." 라고 하며 속으로 다른 말을 했을 것이다. 그러면 나는 핑계를 대는 사람이라는 이미지를 얻고, 서로의 신뢰도도 깎이지 않았을까? 옛날의 나처럼 살다가는 평생 눈치만 보다가 생을 마감할 지도 모른다. 자신에게 정직한 사람만이 당당한 삶을 쟁취할 수 있다. 당당한 태도는 내가 행복과 행운을 얻도록 도와준다.

사람들에게 오래도록 인정받고 잘 나가는 사람 중에는 정직한 사람밖에 없다. 정직하지 못하면 사람들의 신뢰를 얻을 수 없는 걸 알기 때문이다. 사회에서 살아남으려면 권모술수와 거짓에 능해야 된다고 알고 있는 사람이 많다. 하지만 스스로와 타인들에게 신뢰가 있어야 당당하게 살 수 있는 법이다.

나는 사람들에게 인정받고 싶다. 그래서 남들의 신뢰를 얻고 스스로 당당한 사람이 돼야겠다고 다짐했다. 내가 꿈꾸는 미래는 조잡한 거짓말로 소량의 이익을 노리는 모습이 아니다. 언제나 가슴 펴고 당당하게 살아갈 것이다. 양심에 찔리는 일이 전혀 없는 멋진 사람이 될 것이다.

사회생활을 하면서, 많은 시간을 두려움 때문에 솔직하게 살지 못했었다. 그래서 지금은 같은 실수를 반복하지 않기 위해 정직한 삶을 살고 있다. 내 실수가 얼떨결에 가려지더라도 나는 이제 감추지 않는다. 오히려 "저 이거 잘 못 했는데 어떻게 할까요?"라고 당당히 손들고 말한다. 사람들은 이런 사람을 좋아한다. 속임수 따위로 진정한 성공을 거둘 수 있는 사람은 세상에 없다.

결국 제일 중요한 건 나의 양심이다. 자신의 위선은 어느 누구도 아닌 내가 지켜본다. 스스로 거짓말을 하는 사람은 당당함 근처에도 가지 못 한다. 치졸한 삶이 반복되면 자존감도 낮은 삶을 살게 된다. 언행의 최종 결재자는 자신이다. 정직한 언행을 스스로 실천해라.

많은 사람에게 인정받고 싶지 않은가? 세상에게 솔직해져라. 나의 실수와 잘못을 당당히 밝혀라. 그러면 나의 좋은 일도 세상에 알릴 기회가 생긴다. 남의 눈치를 보면서 살지 마라. 가장 중요한 건 자신이기 때문이다. 나는 옛날에 혼날까봐 거짓말을 했었지만 남는 건 없었다. 뒤가 밟힐 일이 없는 당당한 사람이 되어라. 꿈이 크고 정직한 사람은 반드시 기회를 잡게 돼 있다.

보석은 내 안에 있었다

어떤 사물의 가치는 희소성에 크게 영향을 받는다. 다이아몬드가 비싼 이유는 삶에 유용하기 때문이 아니라 희귀하기 때문이다. 나머지는 부수적인 요소일 뿐이다. 우리가 평소에 망설임 없이 쓰는 물도 부족해진다면 가격이 치솟는다. 이렇듯 어떤 사물이 희귀해지면 그 가치는 거의 모든 경우에 올라간다.

그렇다면 '나'는 어떤가? 지구상에 한 명밖에 없다. 과거에도 나는 없었던 사람이고 앞으로도 없을 사람이다. 어쩌면 태어날지도 모르지만 아직 과거의 인물이 태어난 걸 우리는 목격하지 못했다. 사실 우리는 지구에서 희소성이 가장 높다. 나라는 개체는 하나밖에 없기 때문이다. 우리의 가치는 어쩌면 우주최고일지도 모른다.

나 또한 스스로를 과소평가했었다. '나는 흔한 사람 중에 한 명이지만 노력해서 특별해질 거야!' 라고 생각했었다. 이런 나의 생각을 바꾸게 해준 글이 있다. 마이클 린버그의《너만의 명작을 그려라》에 나오는 글이다.

유일무이한 보석, 바로 당신입니다.

이 세상에 태어난 모든 사람은

이곳에 처음 도착한 사람들이다.

당신과 나, 우리 모두는 태어나

처음 울고 처음 땅을 밟았으며,

처음 햇살을 맞이했다.

따라서 우리가 가진 힘과 에너지와 약속은

이전에도 없었고 이후에도 없을

단 하나의 유일무이한 보석이다.

당신과 똑같은 특성과 잠재력을 가진 사람은

앞으로도 영원히 태어나지 않을 것이다.

그러한 꿈과 열망, 지혜와 경험을 가진

그러한 기쁨 혹은 고통과 슬픔을 안고

태어난 존재는 오직 당신뿐이다.

나는 이 글을 처음 읽었을 때 울었다. 지금까지 부모님 말고 다른 사람한테는 듣지 못 했던 말이다. 누구도 나를 귀하다고 해주지 않았었다. 나는 정말 희귀한 존재였는데 그동안 모르고 살았다는 게 실감났다. 물건들은 그렇게 귀하게 생각하면서, 가장 귀한 자신을 험하게 다루고 있었다는 걸 깨달았다.

사람들은 자신을 자꾸 기계의 부품이라고 생각한다. 혹은 우주의 먼지라고 생각한다. 대부분 자신을 귀하다고 생각하는 게 자만이라고 느낀다. 많은 사람들에게 우울감이 발생하는 이유는 여기에 있을지도 모른다. 하지만 우리는 절대 하찮게 여겨질 존재가 아니다. 굳이 비유하자면 우리는 흔해빠진 기계의 부품이 아니다. 각각의 가치를 창조하는 유일한 기계다. 우리는 우주의 먼지가 아니라 우주 속에 들어있는 또 다른 소우주다.

우리는 사람이라는 범주에 속한 흔한 존재가 아니다. 이런 생각은 다이아몬드도 돌덩어리에 속하므로 비쌀 이유가 없다는 말과 같다. 모두 똑같은 것 같지만 우리의 생각은 개성을 가지고 있다. 정작 자신은 모르지만, 나는 다른 사람들의 장점을 따라하려고 노력했었기 때문에 잘 알고 있다. 각자의 장점은 누구도 따라할 수 없는 것이었다.

우리는 자꾸 개성을 살릴 생각보다는 공식적인 능력을 올리려고 노력한다. 물론 학력을 올리고 자격증을 따는 건 자유다. 하지만 이런 게 인생을 지배하면 안 된다. 우리는 개성을 활용해서 자신만이 할 수 있는 일을 해야 한다. 안 그러면 다시는 그 일을 할 수 있는 사람은 태어나지 않는다.

빌 게이츠가 없었다면 개인용 PC는 지금보다 사용하기 어려운 기계일 것이다. 스티브 잡스가 없었다면 우리는 스마트폰을 못 썼을지도 모른다. 일론 머스크가 없었다면 멋진 전기 자동차는 훨씬 늦게 개발됐을 것이다. 그리고 내가 없었다면 이 책은 쓰이지 않고 있을 것이다. 나 자신이 특별한 존재라는 사실을 몰랐다면 어땠을까? 나는 여전히 엔지니어로서 일하고 있을 것이다. 엔지니어라는 직업이 나쁜 게 아니라 내가 할 일을 찾지 못 했을 거라는 뜻이다.

처음부터 큰일을 하지 않아도 된다. 나의 가치를 안다면 할 수 있는 일은 자연스레 보인다. 자신이 할 수 있는 유일한 일을 찾는 방법은 '나는 무슨 일을 하고 싶지?' 라고 꾸준히 묻는 것이다. 혹시 TV를 보면서 멋지다고 생각한 일이 있지는 않은가? 나라면 더 잘할 것 같았던 일이 있지는 않은가? 취미로라도 시작해보자. 역사에 남을 순간이 될지도 모른다. 우선 앞으로의 행복은 거기서 나올 게 확실하다.

우리는 '안정적' 이라는 단어에 홀려서 어딘가에 속하기만 한다면 괜찮을 거라고 생각한다. 눈앞에 있는 안정적인 직장을 찾아서 들어간다. 하지만 네모가 동그라미 자리에 들어간다고 해도 전혀 편하지 않다. 나도 안정과 고정수익을 찾아서 대기업에 취업했었다. 하지만 날이 갈수록 불만과 불행만 쌓여갔다. 처음에는 나의 무능이 이유인 줄 알았지만 결국 나의 자리를 찾지 못 했다는 결론이 나왔다.

자신의 능력과 적성을 발휘할 수 있는 장소에 찾아가야 한다. 장소란, 자신의 미래에 도움이 되는 사람이 모여 있는 곳이다. 특정한 공간을 의미하지 않는다. 옛날에는 '돈을 많이 주는 곳으로 가는 게 최고일 텐데, 뭐 하러 적성검사를 하지?' 라고 생각했다. 지금 돌이켜보면 정말 무지했다. 자본주의 사회에서 돈이 중요한 건 사실이다. 하지만 돈이라는 게 뭘 의미하는지를 몰랐기 때문이다.

돈은 자신이 '발견' 한 내 가치만큼 들어오는 물건이다. 아무것도 없는 곳에서 자신의 가치를 만드는 게 아니다. 우리는 이미 굉장한 존재다. 나만의 가치를 어떻게 포장해서 사회에 기여하는지가 미래를 좌우한다. 자신의 가치를 발견하는 건 점점 더 중요한 사실이 되고 있다. 사람들의 시선이 무서워서 나를 하찮은 존재라고 인정해버리면 인생이 너무 아깝지 않은가? 우리는 한 번 죽으면 적어도 지금의 나로는 다시 태어나지 못 한다.

우리는 평범한 돌에 보석을 붙이는 과정이 필요 없다. 오히려 보석에 붙은 먼지와 돌들을 제거해야 된다. 나를 가로막는 선입견과 편견들, 부정적인 생각이 먼지들이다. 보석은 나 자체였다. 먼지가 좀 묻었다고 평범한 돌과 착각하면 길을 돌아가게 된다. 자신이 최대한 화려하게 빛나도록 꾸며놔야 한다.

스스로가 나를 귀하다고 생각하지 않기 때문에 입에서는 욕설이 나오고 표정은 구겨진다. 줄어가는 취업률과 험난한 세상에서 이런 생각이 사치라고 생각하기 쉽다. 하지만 이런 현상은 많은 나라와 많은 시대에 있었을 것이다. 그 속에서 성공을 쟁취해내는 것은 처음부터 대단한 사람이 아닌, 자신이 보석임을 발견한 사람들이다.

보석을 멀리서 찾지 마라. 먼지를 털어내면 우리는 스스로 빛나는 보석이 되고 빛이 된다. 그러고는 자신이 원하는 모습으로 가공할 수 있다. 또는 다른 보석들과 함께 새로운 아름다움을 만들 수도 있다. 세상에 처음 등장한 물건은 최초로 매겨진 값이 기준 가격이 된다. 우리는 세상에 처음 등장했다. 자신이 어떻게 값어치를 설정하느냐에 따라서 다른 세상이 펼쳐진다. 나를 하찮은 존재라고 생각해도 아무런 득이 없다면 속는 셈치고 보석이라고 생각해도 되지 않을까?

보석은 우리 안에 있었다. 스스로 이를 의심하는 사람은 아무것도 이룰 수 없다. 끝까지 가서도 두려움이 길을 가로막아서 돌아가게 될 것이다. 자기가 보석임을 아는 사람은 우울할 일이 없다. 어떤 고통도 자신이 더 아름답게 가공되는 과정임을 알고 있기 때문이다. 나는 이제 나만의 색과 빛으로 세상에서 빛날 것이다. 당신은 이미 최고로 아름다운 보석이다. 그러니 이것만 생각하자. '어떻게 빛날 것인가?'

이 책을 읽는 당신이,
책을 읽으면서 또는 다 읽은 뒤에 자신에게
이런 질문을 자신감 있게 던졌으면 한다.
'내 꿈은 원래 뭐였지?' 라고 말이다.
조금 더 욕심 부려서 대답까지 할 수 있다면
바랄 게 없을 것이다.
부디 이 책이 당신에게 보물이 되었으면 한다.

내 안에 잠든 나를 깨워라

🙽

100권의 책을 읽고
거짓말처럼
인생이 바뀌었다
———
독서는 내가 진짜 삶을
시작할 수 있도록 도와줬다.
나보다 먼저 살아본 사람들은
많은 것들을 내게 건네주었다.
경험, 지식, 지혜, 목표,
후회 등이다.